恋は雨のち晴

キャサリン・ジョージ 作
小谷正子 訳

ハーレクイン・イマージュ
東京・ロンドン・トロント・パリ・ニューヨーク・アムステルダム
ハンブルク・ストックホルム・ミラノ・シドニー・マドリッド・ワルシャワ
ブダペスト・リオデジャネイロ・ルクセンブルク・フリブール・ムンバイ

RELUCTANT PARAGON

by Catherine George

Published by Harlequin Japan, a Division of K.K. HarperCollins Japan, 2025

キャサリン・ジョージ

ウェールズ生まれ。熱心な読書家で、その情熱はやがて書くことに向かった。エンジニアと結婚し、9年間ブラジルに暮らす。その後、子供の教育のためにイギリスに滞在することがふえ、一人で過ごす夜に小説を書くようになった。執筆や読書の合間に料理やオペラ、骨董品を見て歩くことを楽しんでいる。

主要登場人物

エリナ・ハント……………社長秘書。
ハリエット・ロード…………エリナの姉。
リチャード・ロード…………ハリエットの夫。エリナの義兄。
ミセス・ジェンキンズ………エリナの家主。
フランシス・マーシャル……エリナの同僚。
ジェームズ・ラムゼー………ラムゼー&コルター社の新社長。
ヘクター・ラムゼー…………ジェームズの父親。
マーガレット・ラムゼー……ジェームズの母親。
ジャンポール・ジェラール……ジェームズの商談相手。

1

朝日にきらきらと輝いている。

その昔、パーティーや夜会の舞台であった優雅なホールは、いま月曜の朝の活気にあふれている。交換台の電話のベルやテレックスのかしゃかしゃという音が鳴り響く中を階段へ急ぐ途中、ミスター・コルターの秘書をしているフランシス・マーシャルとぶつかりそうになった。フランシスはぬっと手を突き出した。

「遅刻よ、エリナ……また車がどうかしたの?」

「きくまでもないわ! ミスター・ラムゼーはもういらしてる?」

「たしか、今朝は八時半より前にお見えになっていたわ」

「いやんなっちゃう! ありがとう、フラン。あとでね」

かかとの高いしゃれたスウェードのブーツで、全速力で階段を上がり、従業員用の狭い更衣室に飛び

さわやかな十月の朝、青々と晴れわたったまばゆいばかりの美しさも心に留まらず、エリナはいうことをきかなくなったぽんこつの小型車を、だましだまし注意深く、マーケット広場の駐車場の空いたスペースに入れた。聖マーガレット寺院の鐘が九時半を打つのを聞いてうめくような声をあげ、ドアをロックすると、猛烈な勢いでせわしげな広場を駆け抜け、ウエストゲート通りへ曲がった。裁判所前の最後の数十メートルを全力疾走し、反対側に並んだ大きなジョージ王朝風の建物の階段を駆け上がると、ドアの上の美しい明かり取り窓に書かれた〝ラムゼー&コルター技術コンサルタント〟という金文字が、

込んだ。

いつも使うハンガーには目もくれずに上着を釘《くぎ》にひっかけ、鏡の中の上気した頬を不満げに見て、褐色の巻き毛をなでつけた。頬骨の高い、顎のとがったオリーブ色のしかめ面は、やっきになって急いだために、黒い瞳が大きくひろがりきらめいている。こぢんまりとしたまっすぐな鼻の照りを抑え、ぽってりとした唇に紅をさし直し、直立不動のまま十まで数えた。落ち着きを取り戻したエリナは、〝社長室〟と書かれた部屋へ向かって廊下を歩いていった。中へ入ると、大きな窓のそばに立ったヘクター・ラムゼーが、眉を寄せてせわしげな街を見下ろしている。がっちりとした体つき、はっとさせられるような白髪の、百八十センチ以上もある大男で、六十を過ぎた貫禄《かんろく》を漂わせている。

「おはよう、エリナ」明るいブルーの瞳がきらりと光る。「座りなさい。いや、ノートはいらない。話があるんだ」

「ミスター・ラムゼー、おはようございます。遅刻して申しわけございません……」

「弁解しなくてもいいよ。きみが通りを走ってくるのを見て、楽しませてもらっていたところだ。今朝もまた、例のぽんこつのエンジンがかからなかったんだろう。なあ、エリナ、あれが犬だったら、とうに安楽死させてやっているところだな」

エリナは申しわけなさそうな笑いを浮かべた。

「ほんとにそうですわ！　アパートの大家さんの隣に住んでいるテッドがいなかったら、まだ着いていないはずなんです。ボンネットを開けて、何やらわけのわからないことをしてくれて、エンジンがかかっているうちに車を出して、町に着くまで止まるなって言いました。うまい具合に、カースル・ヒルの信号が青だったんです。スペア・キーを渡してありますから、あとで彼が、勤め先の自動車修理工場へ持っていって、下取りできるかどうかを見積もってくれることになっているんです。スクラップ同然ですけれど、バス代の足しぐらいにはなるでしょう。これからは、いらいらしながらエンジンをかける必要もなくなりますわ」

ヘクターは、もっともだという目つきをした。

「役立たずの相棒との別れは、たいして気にもならんだろう?」

「おっしゃるとおりです。それに、最近はちょくちょく遅れて申しわけありませんでした。今後は、このようなこともございませんから」

ヘクター・ラムゼーは机の前にどっかりと腰かけ、しばらくエリナを見つめてからため息をついた。

「そのことはもういいんだよ、エリナ。打ち明けなければならないことがあるから、その話に移ろう」

エリナは顔を上げて、不安げな目を向けた。

「いや、きみとはなんのかかわりもないことだ。きみほどの秘書はなかなかいない、それはきみもわかっているだろう。問題はすべて、このわたしにあるんだ。一言で言えば、引退することになった。医者の命令だ。ここしばらく血圧に悩まされていてね、最近じゃ、高血圧症とかなんとかいうやつさ。このところ心臓までが狂いはじめたものだから、一線を退いて、マーガレットと一緒に畑仕事や犬の散歩をすることにしたよ」

茫然《ぼうぜん》と座っていたエリナは、ようやく口を開いた。

「ミスター・ラムゼー、わたし、何がなんだかさっぱりわからなくなってしまって……。このお話をなさるつもりで待っていらしたのに、車のことでくだらないおしゃべりなんかして、すみません。お体に悪いところがおありだなんて、夢にも思いませんでした。存じあげている方の中ではお年にかかわりなく、あなたがいちばん精力的でいらっしゃいましたわ」エリナはふと思いついたように尋ねた。「どなたがあとを継がれるのか、教えていただけます？」

「きみも知っているとおり、息子のジェームズがロンドン支社をあずかって、海外業務をすべて取りしきっている。事態が収拾できるまでのあいだ、あいつがミドランズとロンドンの両方をかけ持ちすることになる。最近は、往復もなんてことはないからね。最新型の高性能の車で高速道路一号線を飛ばしてくれば、二、三時間でここに着くよ。けばけばしい車さ。だが、性能はすごい。とにかく手はじめに二、三週間はこちらにいることになるだろう」

エリナはぞっとするような不安に襲われた。

「ミスター・ラムゼー、あまりに急なことで、信じられないんです。明日からはいっさい、社へはおいでにならないということでしょうか？　息子さんが落ち着かれるまで、ご一緒にお仕事をなさいませんの？」

「とんでもない。ジェームズはとても、人の助けを必要とするような男じゃないんだ。あいつの時代だと思うし、仕事にかけてはかなりのやり手だと評価している。人と協力し合うほうじゃないが、とがめだてはしないよ。夜にでも、少し仕事の話をすればいい。必要があればだがね。二、三日はうちで暮らすことになっているんだ。あいつの別荘の改装がまだすまないってマーガレットが言うものでね」

エリナは急に喉がつかえて黙りこくった。ヘクターは机の向こう側から、情愛深いまなざしでエリナを見ている。

「家内は、初めからきみに知らせておくべきだと言ったんだがね、鷹《たか》みたいに目を光らして見ていられて、咳《せき》をするたびに、命取りの心拍停止かと思われたくはなかったんだよ。いや、このほうがいいんだ。それに、これっきりよその国へ行こうというわけでもないし。たまには寄るさ」

エリナが背筋をぴんと伸ばし、肩をいからして立ち上がると、ヘクター・ラムゼーはいつもながらのその癖を優しく見守った。

「その……息子さんは、続けてわたしを秘書として使ってくださるんでしょうか?」

ヘクターは椅子を立ち、エリナのとまどい顔に、さとすように手を振った。

「それを心配していたのかね? 大丈夫だ。息子も、きみのように優秀な秘書は、早急には見つけられんよ。それに、内情に明るい人間が要るだろうし、きみはわたしが十分に仕込んであるからね」

「でも、ミスター・ラムゼー、息子さんがご自分の好きな秘書を使いたいとおっしゃることも、十分考えられますわ。わたしがお気に召さないかもしれません」

ヘクターはきょとんとして、エリナを見た。

「エリナ、ジェームズは教養もあり、きわめて優秀な技師だし、それにわたしが知っている限りでは、人を見る目も確かだ。もちろん、きみが適任者だと考えるさ。でなければ間抜けということになる。きみだってじきにわかるだろうが、ジェームズは間抜けではないよ」

最後の言葉は安心させるためのものであったにもかかわらず、エリナは強い不安を抱いた。

「わかりました。もちろん、精いっぱい努めさせていただきます。でも寂しくなりますわ。ご一緒させていただいたこの三年間は、すばらしい貴重な体験でしたし、このまま続けられないのが残念です」

「わたしは悔いていないよ。きみとわたしは、かなりうまくやってこられた。来たばかりのとき、きみは他人行儀でおとなしい、すばらしい能力を持ちながらもまるで世間知らずの若いレディだった。でも、わたしは、きみは仕事ができると見た。きみが働きはじめたころ、さんざん家内にそう言ったものさ。だが、とにかく、これでもう終わりなんだよ」ヘクターはポケットから懐中時計を出した。「時間だ。十時半に診察の予約がしてあるから、行かなくてはならん。ジェームズは二時に来るはずだ。郵便物を整理して用件を片づけたら、マガルスキーの報告書の見直しの仕事が待っているよ」

ヘクターは机をまわってきてエリナの手を取り、力いっぱい握り締めてから出ていった。

エリナは茫然自失のていで、続き部屋になっている自分のオフィスに入った。机に座り、目の前の書類の山を見るとはなしに見つめ、やがて胸の底から大きなため息をついた。ただでさえ月曜日は憂鬱《ゆううつ》なのに、最悪の月曜日になってしまったわ。しかも、まだはじまったばかり……。仕事に取りかかり、機械的に郵便物を仕分けしていても、ヘクターの息子が社長になるということが、重く心にのしかかった。ジェームズ・ラムゼーは父親との仕事の延長で、ときたま週末に家族を訪ねてくるが、めったにウエストゲート通りのオフィスには寄らない。ついこのあいだ来たとき、エリナは休暇を取っていた。ヘクターのあとを継ぐからには、ジェームズはしたたかな人物であるに違いない……。

いつもの仕事を熟練した正確さで片づけ、自分一人でできることは、すべて処理した。それから社長室へ行き、見事に調和の取れた室内を念を入れて整頓《せいとん》した。机の上を整理し、ジェームズ・ラムゼーの署名を必要とする書類かご、私信用のかご、ざっと目を通すだけの形式的な書類用のかご、の三つを並べた。自分の机に戻ると、取りかからねばならない書類が待っており、いつもの仕事に没頭できるのをありがたく思いながら、猛烈な勢いでタイプを打ちだした。

十一時。ひどく興奮した面持ちでコーヒーを二つ運んできたフランシスを、エリナは大歓迎した。

「エリナ、ミスター・ラムゼーのこと、何か知っていたの？　お気の毒ね。たったいま、ミスター・コルターからうかがったわ。あと取りが仕事を引き継ぐんですって？　いつからなの？」

「あと三時間もしたらよ。あなた、その人を知ってる？　たまたまここへ現れるときは、いつもわたしが留守にしていたの」

「いいこと、まず、あなたはまわりからうらやましがられるわ。少なくとも、女性からはね」

「あら、すてき。そういうタイプなの？」

「それはもちろん、会ったことのない人にはわからないわ。ジェームズが若かったころ、町じゅうはおろか半径三十キロ以内のたいていの女の子たちの憧《あこが》れの的だったのよ。そのうち彼が婚約したもので、みんな、あきらめざるを得なかったの」

「ほんと？　旅行中は奥さんをどうしているの？　引きずりまわしているの？」

「それが、実際には結婚しなかったのよ。あのころ、ほんのしばらく噂《うわさ》になっただけだったの。リーチ城のすぐそばに、すてきな別荘を買ったのよ。裏手の庭が川に面していて、お城が見えるの。フィアンセの望みどおりに室内装飾をして、すべて結婚の準備が整ったところで、その女《ひと》、かなり年輩の大富豪に走って、ジェームズを捨てちゃったの。それ以来、ジェームズは女性に関してつむじ曲がりだっていう話よ。まったく、無理もないわよね」

「雇い主としては、かなり曲者のイメージだわ。若手の大物で、女嫌いをまぜたようなタイプね。みぞおちがむかつくようで、ぞっとするわ」

「でも、彼は若手っていう感じじゃないわ。たしか、三十代前半だったと思うけど。ねえ、あなた、今日は少しやつれて見えるわよ」

「緊張しているのよ。さあ、フランシス、行ってちょうだい。仕事がたくさんあるの」

「わかったわ。マリオへ行って、お昼を食べましょうよ」

「ううん、けっこうよ。でもサンドイッチを買ってきてもらえるかしら。仕事にかかりっきりになると思うの。新しい社長のために、何もかも完璧《かんぺき》に整えておくわ。ああ、今夜は早く寝なくちゃ。このところ毎週毎週、姉のうちで派手にやっているの。姉さんの社交好きには、まいっちゃうわ」

「行かなきゃ行かないで、悔しがるくせに」

「そのとおりね。でも、たまには週末を一人で陶芸に打ち込みたいと思うわ。そうできたら最高に幸せよ。姪《めい》も甥《おい》もいい子たちだけれど、すごくエネルギッシュでね。赤ん坊までが、乳母車の中でひっきりなしにあやされたがるんですもの。とにかく、こうして話しているのは楽しいけれど、フランシス、行ってちょうだい。ほんとに仕事をしなくちゃ」

フランシスは笑いながら行きかけたが、ドアのところでひょいと振り向いた。

「ジェームズはね、渋くて、かげりのある魅力的な人だっていうことを言い忘れたわ」

「気休めのつもり？」

フランシスはにっこり笑って出ていった。

サンドイッチで昼食をすましたあと、もう一度社長室を点検し、椅子を直したり書類かごをいじっているうちに、エリナは緊張からいらいらしはじめた。とうとう更衣室へ行って、長い豊かな髪を力いっぱいとかしつけた。それでどうにかこうにか心が落ち着いたので、髪をもとどおり、いつものようにきちんとアップに結った。じっくりと、ひいき目なしで鏡をのぞき、ほっそりとした赤茶色のツイードのスカートに、同色のぼかし柄がついたクリーム色のブラウスは、エレガントで申し分ないと判断した。取るに足りないことだが、膝まである茶色いスウェードのブーツが気にかかった。どうにかしようというのではないが、新しい雇い主に、ストッキング姿で対面しそこなうからだ。その思いを笑い飛ばし、いつまでもくよくよするのは無駄だと考え、エリナは敵と対決すべく、肩をいからして更衣室を出た。ドアをノックすると、返ってきたのはヘクターの声だったので、エリナは半分はほっとし、半分はがっかりした。

「やあ、エリナ。二、三、自分の持ち物を忘れてしまってね」ヘクターは机の向こうから、優しく笑いかけた。「ジェームズのために、引き出しのがらくたを始末したほうがいいと思ったんだ。じきに来る。ジョン・コルターと話しているからね」

「息子さんかと思いましたわ。用意はすべて整えておきました」

「らしいな」ヘクターは机をまわってくると、エリナの肩に腕をまわし、小箱を手渡した。「実は、これを渡しにきたんだよ、エリナ。わたしのためによく働いてくれた、心ばかりのお礼だ。マーガレットがハイストリートできみのために作らせておいたのを、昼休みに取ってきたんだ」

エリナは黙ったまま、手の中の小箱の中身を見た。こんもりと盛り上がったベルベットの台に、ガーネットを埋め込んだEのイニシャルのペンダントがついた金鎖が巻きついている。

「奥さまは、わたしの誕生石まで覚えていてくださったんですね」声が震えた。急に感情が抑えられなくなり、柄にもなくこみ上げる涙をこらえきれず、エリナはヘクターの肩に顔をうずめた。

「元気を出して。いつもの冷静さはどうしたのかね？　さあ、このハンカチでふきなさい」

弱々しく笑いながら涙をふき、お礼を言おうとしたとき、入口で深い冷ややかな声がしたので、エリナははじけるように、ヘクターから離れた。

「お邪魔だったなら失礼、父さん。しかし、さほどお取り込みでなかったら、しかるべき紹介をしていただきたいものですね」

入口の男を見て、エリナは氷のかたまりがすうっと背筋をつたっていくような思いがした。ジェームズ・ラムゼーは背丈は父親と同じくらいだが、ずっと細身で、洗練されたしなやかな優雅さを感じさせる。上等な仕立てのいいグレーのスーツ、襟足のところできれいにカットされた黒髪、傲慢《ごうまん》そうなわし鼻の日に焼けた顔を、エリナはさっと見て取った。瞳に浮かぶ敵意と憎悪の表情は、それから何時間ものあいだ、消えることなくエリナの心に焼きついていた。

エリナは、ヘクターがおかしさをかみ殺したような声で、息子と話しているのに気がついた。

「いいだろう。ジェームズ、こちらがエリナ・ハント。いままでで、いちばん有能な秘書だ。そっくり引き渡す。面倒を見てやってくれ」エリナを振り返るヘクターの瞳がきらりと光った。「きみとジェームズは、うまくやっていけると信じているよ。こいつが何もかも、きみよりよく知っているつもりでいても、ちゃんと内情を教えてやってくれたまえ。じゃあジェームズ、また今夜。さよなら、エリナ」

ヘクターは息子の肩をたたくと、大きな音を立ててドアを閉めて出て行った。残された二人の間に緊張が走る。

ジェームズ・ラムゼーはまじまじとエリナを見つめながら、ゆっくりと部屋を横切って近づいてきた。エリナは悪夢の中で断末魔の苦しみにさいなまれる者のように立ち尽くしていた。足が絨毯《じゅうたん》にぴったりはりつき、本能は、逃げろと絶叫している。小さな宝石箱をぎゅっと握り締めたが、急にそれが小荷物ほども大きく思われた。ジェームズは冷ややかに儀礼的に手を差し出しながら、宝石箱に目を落とした。エリナははっとして、握手に右手で応じるために、思いがけない、このときばかりはありがた迷惑な贈り物を、あわてて左手に持ち換えた。軽くうわべだけの握手をして手を放したジェームズは、いささか乱暴な口調で言った。

「すでにおわかりと思うが、ジェームズ・ラムゼーだ。はじめまして、ミス・ハント。かけたまえ。そうすればお互いじっくり見られるんじゃないかな」

エリナは机の手前にある椅子のところへ行き、ジェームズはその向こう側へまわって父親の椅子にかけた。乗っ取りだわ！　エリナは敵意を抱いて、そう心の中で叫んだが、冷たい目で食い入るように見つめられ、冷静に腰かけていた。

「つまり、きみは親父《おやじ》にとって模範生というわけだな、ミス・ハント。父はあれで、なかなかずる賢い人物だ。親父がそれとなくあいまいに、きみがきわめて有能だという印象を伝えてくれたとき、ぼくは年配の女性と、べっ甲縁のめがねと、不格好なツイードの服を連想したよ」

エリナの体がこわばった。〝模範生〟の一言が、きっぱりとさげすむように形のよい口から出たとき、頬が赤くなるのを感じた。

「二十一ぐらいに見えるな。めがねはかけていないし、そのしゃれたスカートは、おそらくツイードだろうが、きみにとって最悪の敵すら、不格好だとは言えまい。むろん、ぼくもこの目でそれを確かめた。ミス・ハント、有能なところは、きみが自分でゆく証明するしかない」

激しい脅威にかられた心をぐっとこらえ、エリナは机の向こう側の相手を落ち着き払って見つめた。

「ミスター・ラムゼー、お父さまがいやおうなしに、わたしをあなたに引き渡されたことは承知しております。もし、この段取りがお気に召さないとか、ご自分のお好きな秘書をお使いになりたい……」

「ぼくとは仕事をしたくないのかね？」

「そうは申しておりません。もし、どなたかと代えたいとお思いなら、またそのほうがご希望にそうのなら、適任者が見つかるまではいさせていただきます」

「ミス・ハント、この緊急事態に直面して、なんとしても親父の体調を狂わせるわけにはいかないんだ。仮に今夜、親父の模範生をくびにしたというニュースを持って帰れば、ぼくらが全力を尽くして避けようとしている危機到来を早めること間違いなしだ。母に、こてんぱんにやっつけられることは、言うまでもない」

〝模範生〟という言葉に背中がむずむずしたが、エリナは静かにきき返した。

「では、いままでどおりにやれ、とおっしゃるんですね？」

「ああ、そうだ。きみの持っている資格などについて教えてくれると都合がいいんだが。親父の話はなんだか漠然としていたし、それに、ここはきみにとって初めての職場だと思う」

「わかりました。三年ほど前、大学を出てすぐにここへ来ました。大学では英語の一級を取り、研究や教職よりも、商業コースと英語を両立させることにしました。ジャーナリズム関係は、学んだことがありません。特別課目としてポルトガル語を取りました。タイプは一分間六十語、逐語速記もできますが、やや遅いほうが楽です。紹介状は大学の恩師と、チェシャー州に住んでいたころの、地元の医師に書いていただきました」

「いやはや、ご立派だ。それ以上は望めまい。親父はじかに口述筆記をさせたのかね、それともテープレコーダーを使って？」

「じかにでした。部屋を歩きまわりながらなさるのがお好きでしたから。でも、もしテープのほうがよろしければ、テープ起こしにも慣れております」

「ミス・ハント、そんなことはこれっぽっちも疑ってはいないよ！　さて、仕事の件だ。この山のような机の上の書類を説明して、いつもどう処理しているのか聞かせてもらおう」

「当然のことながら、月曜日はかなり膨大な量になります。この書類は私信、または機密文書です。これはご自分で開けていただきます。あとは、わたしが自分で処理できる書類に分け、考査と署名をしていただきにまいります。残りはタイプ室にまわす形式的なもので、あとでわたしが署名をします。それから、あなたの書類のタイプはわたしがいたしますが、もし仕事が詰まっていたり、締め切りが迫っている場合は、概略をタイプした上で、機密性の低い書類をタイプ室へまわすこともあります。もちろん、あなたの許可を得てからの話です」

「もちろんだ。しかしきみの話を聞いていると、なんだかぼくは余計な存在みたいだな」

エリナは儀礼的にほほえみ、ジェームズが仕分けした郵便物に目を通し終えるのを待った。

「よろしい、ミス・ハント。自分の分を持っていって、ぼくが残りを分けるあいだ、いつもどおりに処理したまえ。お茶は何時にもらえるのかね？」

「三時半に、ティートレイをお持ちすることになっております」

「けっこうだ。そのとき、自分のお茶とノートを持ってきたまえ。口述をしよう」

エリナは郵便物のかごを取ろうとした。宝石箱がことんと音を立てて床に落ちたので、相手の目に留まらないことを願いながらあわてて拾った。

しかし、そうはいかなかった。

「親父の敬愛のしるしかね？」ジェームズは無表情な声で尋ねた。

「お別れの贈り物ですわ」エリナもそっけなく答えた。急がずに自分のオフィスへ向かって歩きだしたが、戸口でふと立ち止まり、まだじっと見つめているジェームズを振り返った。「ミスター・ラムゼー、たいしたことではありませんが、二つ、申し上げておきます。わたし、二十一ではなくて、二十四です。それから、ミセス・ハントですわ」

ジェームズは自分の新しい秘書が、小柄な体の背筋をぴんと伸ばし、そうっと閉めて出ていったドアをしばらく見つめていたが、やがて腹立たしげに肩をすくめ、目の前のうんざりするような書類の山の整理に没頭しはじめた。

2

その晩七時半になってから、エリナは社の玄関の大きなドアに鍵《かぎ》をかけ、バス停まで歩き、無表情にバスが来るのを待った。ようやくミル・クレッセントの坂の上に着くと、肌を刺すような夜風に震えながら、足早に歩いた。建物に入ると、いかにも気づかわしげな表情で家主が出てきた。

「遅かったのねえ、エリナ……たいへんだったんでしょう？」

「ミセス・ジェンキンズ、それどころじゃなかったんです。もう、へとへと！　明日お話ししますけれど、いまはもう、ただソファに倒れ込みたいだけですわ」

「その前に何か食べてほしいもんだわね。ところで、お客が見えてますよ。そんなにびっくりしないで、あなたのお姉さんなんだから。十分くらい前に、部屋にお通ししたのよ」

「まあ。ところでテッドが、車のことで何か言ってきませんでした？」

「そうそう、すっかり忘れてた。修理工場じゃ、下取りに六十ポンド払うと言ってたわよ。あなたが喜ぶだろうと思ってたの」

「喜ぶですって？　今日一日でいちばんのニュースだわ！　もし明日わたしがテッドに会えなかったら、このお礼の五ポンドを渡して、彼のために特別のお祈りをしておくと伝えてくださる？　じゃあ、またね」

部屋のドアが開いていて、台所からおいしそうなにおいが漂ってくる。ステレオからラヴェルの曲が流れ、ソファの前の低いテーブルにはナイフやフォーク、それにフランスパンとワインが並んでいる。

「ハリエット、ただいま！」

ハリエットは、けげんそうな顔のエリナに、にこにこと笑いかけて、台所から出てきた。

「びっくりさせようと思ったの。週末はずっと、二人きりになれなかったでしょう。それでさっきここへ電話をしたら、まだ帰っていなかったから、バスケットにいろいろ詰め込んできたのよ」

エリナはへたへたとソファに身を沈め、いそいそと姉が台所を動きまわるのを見ていた。

三十四歳のハリエットは生き生きとして、見ていて飽きることがない。ふさふさと肩にかかる栗色《くりいろ》の髪。茶色い大きな瞳は、あまねく夫に、子供に、妹に、人生のすべてにかける熱意と愛情に満ちあふれている。体はほっそりとしていて、何を着ても似合い、いまは黄色いモスリンのブラウスに、黒いベルベットのスラックスをはき、その上に〝キスより強い料理の威力〟と赤く染め抜いた黒いエプロンをかけている。

「ハリエット、だれが子供たちを見てるの？　たとえだれかいるにしても、昨日会ったばかりで今夜うちに来るなんて、わたし気が引けるわ。それに、緊急事態ででもなければ、ウイークデーに会ったことなんてないじゃないの」

「だって、まさに緊急事態じゃないの。午後、食料を買いに町へ出てきたら、なんとミセス・ラムゼーにお会いしたのよ。それで、お茶をご一緒したの。そこで、今回の大事件について、全部うかがったわ。ご主人の心臓のこと、お気の毒ね。引退なさって、息子さんがあとを継ぐんですってね。奥さまはあなたがうろたえているのを心配して、息子と一緒に仕事をすることに早く慣れてほしい、それから……」

「ハリエット、頼むから待って！　だれがちびちゃんたちの相手をしているのか、まだ聞かせてもらってないわ」

「リチャードよ。ヴィクトリアは世話をすましてベッドに入れてきたし、エドワードとチャールズとデイビッドの食事もすましてきたから、いまごろはきっと、テレビの連続物を見ているはずよ。リチャードはあの子たちをベッドに追っ払えばいいだけだし、お皿を食器洗いにほうり込んでおいてくれるはずだわ。言うまでもないけれど、今夜は緊急医じゃないの」

「きっと、そっちのほうがよかったと思ってるわよ。おいしそうなにおい。スープを持ってきてくれたの？」

「自家製の、チキンとにらのスープよ。これも持ってきたわ」ハリエットはグラスにワインをつぎ、エリナに渡した。「おあがりなさい。食事を運んでくるわ。スープのあとは、えびのキッシュよ。ちょっと甘やかしすぎかもしれないけど、今夜のあなたの様子じゃ、それが必要みたいね。そのかわり、今日一日のこと、何もかも話してちょうだい」

エリナはワインを少し口に含むと、ハリエットが湯気の立つチキンスープの皿をおく前で、しゃんと座り直し、ボトルのラベルを見た。

「すごいじゃないの！　二人でがぶ飲みするために、リチャードのいちばん上等なバーガンディを持ってきちゃったの？　彼、知ってるの？」

「知りっこないでしょう。今度お客様をご招待するときに、あの人、自分の数え間違いだと思うでしょうよ。ちょっと、エリナ、そのペンダント、どうしたの？　すてきじゃないの！」

「よくぞきいてくださいました。ミスター・ラムゼーがくださったお別れの贈り物なの。感謝の気持ですって……。わからないけれど、ずっと一緒によくやってくれた、ということだと思うわ。胸がいっぱいになって、ミスター・ラムゼーの肩にもたれて泣いちゃったのよ」

「あなたが泣いたの、エリナ？」ハリエットはスープのスプーンを宙に浮かせたまま、まじまじとエリナを見た。「ただならぬ話じゃないの」

「それがね、ますますただならぬことになっちゃったのよ。そうやって抱き合っているときにジェームズ・ラムゼーが入ってきてね、いわば、彼にとっては新しい秘書との初対面だっていうのに、こっちはあわてて離れて、絨毯《じゅうたん》の下にもぐりたいような気持で、後ろめたい顔をしていたの」

「それはちょっと、おあいにくさまだったわね」

「さんざんだったわ。それにヘクター・ラムゼーときたらやたらにそれをおもしろがって、これっぽっちも弁解しようとしないんですもの。新しい社長とわたしは結局、休戦みたいな状態におさまったけれどね。もちろん、とっても礼儀正しかったわよ。ミス・ハント、こうだ、ミス・ハント、ああだって。

ただし、ちょっぴりいやみったらしく、わたしのことを〝親父《おやじ》の模範生〟なんて呼んだけど」

「結局は、彼に教えたの？　なぜあなたの結婚指輪に気がつかなかったのかしら？」

「紹介されるごたごたのあいだ、左手は宝石箱を隠そうとして、スカートのひだに入れていたのよ。わたしがお金目当てでお父さんと交際している女だと思ったらしくて、ミセス・ハントと呼んでほしいって言ったら、すごく変な顔をしていたわ。わたしの身上書に、おめでたい亭主をつけ足したに違いないと思うわ。すべて納得ずくの男をね」

「ばかげてるわ！　エリナが腹黒いあばずれ女ですって！　リチャードが笑いころげるわよ」

「いまはおかしいと思えるけれど、あのときはユーモア精神なんか吹っ飛んじゃっていたわ。ここ数年、あんなに腹が立った覚えがないくらいよ。一瞬、あの人の机の上にあった水晶の文鎮で、殴ってやりたくなったほどですもの。やってくるなり、ビシビシ働かせようって態度がありありなの。ジェームズ・ラムゼーじゃなくって、『アンクルトムの小屋』に出てくる冷酷無慈悲な奴隷商人、サイモン・リグリーって呼ぶべきところだわ。今度の週末は、わたしが行くのをあてにしないでね。土曜日も仕事になりそうだから」

ハリエットは考え込みながら、食器を集めた。

「そこにひっくり返っていらっしゃい。わたしが洗うから。インスタントコーヒーでいいわね？　パーコレーターでこすのを待つほどのことはないでしょう。ところで、見た感じはどんな人なの？」

「紅茶のほうがいいわ。背が高くて、色が黒くて、いつも半分閉じているみたいな目つきの、傲慢《ごうまん》な感じの人よ。ローマ皇帝みたいなわし鼻をしていて、有能で自信満々、おまけに辛辣《しんらつ》で無情だわ」

ハリエットはティートレイを持ってきて、エリナの前においた。

「それはそれは、あちらもたいした印象を与えたようね。彼が気に入った？」

「気に入るっていう言葉は、あの人には当てはまらないと思うわ。敵意を抱かせるし、不安にさせるんですもの。ねえ、ハリエット、これからは、社内事情がすごく変わってくると思うの。ジェームズって、海岸線をすっかり変えてしまう、浜辺を襲う高波みたいな人だから。ああ、もうおかまいなく。疲れたし、支離滅裂な気分だわ。お姉さんはお茶がすんだら、家族の懐に帰らなくちゃ。わたしは早寝をして、明日のために心の準備をするわ」

「じゃあ、おやすみなさい。明日の幸運を祈っているわ。エリナ、一つだけ気がついたの。確かにあなたはめちゃくちゃに疲れているけれど、生き生きとしてるわよ。リチャードが言う〝近寄り難いお姫様〟って感じがしなくなったわ」

「なんですって？」

「ちょっとうがった言い方だとは思うけれど、あの人が言わんとするところはわかるはずよ。とにかく、帰るわ……週末に電話をちょうだい。それと、お願いだから、食べることは忘れないでね」

優しいハリエット……。シャワーを浴びながら思った。まず母親に死なれ、数年後、父親も死んで両親を失ったとき、ハリエットは少しも取り乱すことなく、常にエリナに必要な哀れみと思いやりをかけ、ときにはしたいようにさせて、保護者としての責任を立派に果たしてくれたのだった。しかし、エリナが眠りにつこうとしたとき、心に浮かんだのは、表情豊かなハリエットの顔ではなかった。それは黒く、敵意を抱いた男の顔だった。

次の朝はいつもより早く起き、しっかり朝食をとり、慣れないバス出勤に備えて十分余裕を持って家を出ることにした。頭の血のめぐりをよくしようと心がけ、いつもより念入りに、こぎれいに身づくろいをした。出がけにちょっとためらったが、これがお守りになってほしいという祈りをこめて、挑むような気持でもらいたてのペンダントをつけた。

会社の受付に着くと、いつもながらすばらしいホールだと思いながら足を止め、小さな交換台を備えた受付にいるルイーズに声をかけた。ルイーズはにっこり笑った。

「今日は早いのね、エリナ。あなたのぶんの郵便物は、もう行っているわ」

「だれが持っていったの？　まだ八時半なのに」

「ミスター・ラムゼー。ミスター・ジェームズ・ラムゼーよ」ルイーズはくすくすと笑った。「あの方、つむじ風みたいに入っていらしたかと思うと、わたしに、名前はなんだ、みんなは何時から仕事につくか、テレックスに何か入っているかっていうようなことをきいたの」

「そのころ、わたしはまだ、来る途中だったわ」

自分が思っているより、きりりとした口調だった。駆け上がりたい衝動をこらえて普通に階段を上り、更衣室で一、二分身なりを整えてから自分のオフィスへ向かった。ちらりと時計を見ると、まだたっぷり時間はあるが、出社を確かめられないうちに仕事にかかることにした。

やれやれ、というように机の上を見る。例のごとくさまざまな大きさの封筒の山を前に、さっそく中身をそれぞれのかごに手際よく分類した。五分後、電話のベルが鳴ると、エリナはそれが爆発物ででもあるかのように、慎重に受話器を取り上げた。

「ミセス・ハント」歯切れのよい声だ。

「おはようございます」

「おはよう。来てくれないか」深い声はいくぶん威圧的だが、さほど敵意はこもっていないように思える。ノートと機密文書のかごを持ち、隣のオフィスに入った。

ジェームズ・ラムゼーは、昨日の朝父親がいたのと同じ場所に立っている。父親より細く引き締まった体が、静かに近づく自分を振り向いたとき、エリナの心は一瞬敵意にうずいた。

「早いな、ミセス・ハント。受付嬢によると、女子社員はたいてい九時からだそうだが」

「はい、社長、そのとおりなんですが、わたしはいつも少し早く来て、電話が鳴りだす前に、仕分けをすますことにしています」

「見上げた心がけだ。では、その長所を無駄にするまい。まず、うちの共同経営者と副経営者、製図課の上役三人、それから社の顧問に、十一時からぼくの部屋で開く会議に出るよう連絡を取ってくれたまえ。コーヒーは、事前に飲んでから来るように頼んだほうがいい。きみも同席して、記録を取りなさい。逐一でなく、議事録みたいな形式でいい。昼休みまで食い込むことはないと思うが、そうなった場合は、昼過ぎから仕事をすればいいから」

「はい、社長。電話連絡にいたしましょうか、メモをまわしましょうか？」

「電話で頼む。ついでに、関係者は先約があっても、ぜひとも出席してもらいたいと言ってくれ」

「わかりました、社長。すぐにこの用件をすましてから、こちらに戻ってまいりましょうか……その……三十分間、口述筆記をしに？」

「いいや、けっこう。会議の前にジョン・コルターと少し打ち合わせをしたいから。用事ができたらブザーを鳴らす。きみも仕事はたっぷりあるはずだ」

「それはもう、ほんとうに、社長」

「ミセス・ハント」ジェームズは声をやわらげ、脅すような目を向けた。エリナは受けて立つかのように背筋をぴんと伸ばし、冷ややかに見返した。「頼むから社長呼ばわりはやめてくれたまえ」

「わかりましたわ、ミスター・ラムゼー」無表情に部屋をさがったが、オフィスに戻って自分だけになると、エリナは一人で思いきりにやにやと笑った。

十一時きっかりには、準備会議に召集されていたメンバー全員がぴかぴかに磨かれた時代物の机を囲み、理路整然として説得力のある、よく通る声に熱心に聞き入っていた。

机の左側の小さな椅子にかけたエリナは、ラムゼー&コルター社の新しい経営方針を説明する言葉を聞きもらすまいと夢中で耳を傾け、ノートに鉛筆を走らせた。新社長は明快そのものにミドランズ・オフィスの現状を総括し、現在の景気後退は、人員の過剰配置と不完全就業にあると述べた。一方、海外業務を扱うロンドン・オフィスは好景気で、新社員を雇う必要があるとのことだった。

やがて、当面はジェームズ・ラムゼーがロンドンとミドランズ双方を運営していくが、新年早々には永久的にロンドンへ戻り、そちらでは広範囲にわたる海外出張が必要になることが発表された。従ってその時点から、ミドランズ・オフィスはジョン・コルターが率いることになる。

一時前になって、ようやく会議が終わった。エリナはノートや筆記用具をまとめ、部屋を出かかった。

「待ちたまえ、ミセス・ハント」ジェームズはほかのメンバーが部屋を出ると、ドアを閉めた。「いまの話は、きみにとってかなりのショックだろう」

「そうでないと言えば、嘘《うそ》になりますわ。もちろん、いつまでもこちらを担当なさるとは思っていませんでしたけれど。でも、社員をロンドンへ派遣する案には、大賛成です」

「関係者たちは、人事異動をどう受け止めると思うかね？」

「たいていの方が、ほっとするのではないでしょうか。だれもが、最近は仕事に追われることがないのを承知しています。不景気の影響もありますし、若手の社員はいくぶん不安を抱いています。大部分は、この案に喜んで応じると思いますわ。おいそれと仕事にはありつけませんから」

ジェームズはふと黙り込み、しばらくのあいだじっとエリナを見つめた。

「きみの個人的見解から、そう考えるのかね？」

「わたしの職、ということでしょうか？　いずれミスター・コルターが社長になられれば、わたしのポストはなくなります。あの方には、ちゃんとした優秀な秘書がおられますから」

「ぼく自身正直なところ、きみについてどう対応したらいいのか、わからないでいる。既婚社員の転任は、相手が男であれば比較的スムースにいく。しかしきみの場合、まるで別の問題があるからね」

エリナはそれに答えようとして一度開いた口を閉じ、両手に目を落とした。

「わたしのためを考えてくださる必要はまったくありませんわ、社長」エリナは席を立った。「推薦状を書いていただけるんでしたら、来るべき時が来ても、苦労せずに職を見つけられる自信がありますから」

「いますぐにも、探すつもりじゃないだろう？」

「それはもう、社長。わたしにだって社に対する忠誠心がありますし、ある程度、人並みの誠意もございます。自分を買いかぶるわけではありませんが、いまこの会社再建にあたって、社長にはわたしが必要かと存じます。この切り替えがすみしだい、辞めることにしますわ。もちろん、そちらのご希望にそえばの話ですけれど」

ジェームズはさっと立ってエリナのためにドアを開け、初めて優しい笑顔で見下ろした。エリナは目をしばたたいた。

「きみの態度には、口に表せないほど感謝するよ、ミセス・ハント」深い声は冷たく抑えた口調であるにもかかわらず、どことなく魅力がある。

エリナはあわてて自制心を取り戻した。

「どういたしまして、社長。お父さまからかけていただいたご親切に対しての、せめてものお返しですわ」

冷たいスポンジでぬぐったように、わし鼻の顔から打ち解けた表情がすうっと消えた。

「もっともだ。三時までに、出席者全員と親父のぶんもコピーして、会議の記録を仕上げてくれるとありがたい」

「わかりました、社長」そっとドアを閉め、急いで自分のオフィスに戻った。

するとすぐに勢いよくドアが開き、ジェームズがにらみつけた。

「社長呼ばわりはやめてくれと言ったはずだ。つむじ曲がりのメイドじゃあるまいし！」

エリナはびくともせずに、机の前にかけていた。

「おっしゃるとおりにいたしますわ、ミスター・ラムゼー」儀礼的ににっこりとしてみせてから、当てつけがましくタイプに紙をセットした。

「昼めしを食べにいかないのか？」まだ戸口に立っているジェームズが、腹立ちまぎれに言った。

「三時までに、リストや議事録を作らなくてもよろしいんでしたらね。もう一時半ですもの。仕事中は、サンドイッチですますことに慣れていますの」

エリナはすぐに、傍らのノートをタイプに打ちはじめた。

ジェームズはくぐもったうめき声をあげてくるりと向きを変え、わざとらしくていねいにドアを閉めた。机の引き出しからサンドイッチの包みを出しながら、エリナはにんまりと笑った。実際には一時間で片づく仕事なのだが、殉職者ぶって楽しんでいるのだ。ジェームズが、ちょっぴり後ろめたい気持を味わうこともあるかもしれない。そう、きっと。

それからの二週間は、極端に忙しい毎日が続いた。バスを待つという余計な面倒も加わって、ほとんど毎晩、七時半より前に帰宅できることはなく、翌朝目覚ましにたたき起こされるまで、わずかな時間しか眠れないのだった。ミセス・ジェンキンズは日増しにエリナの体を心配するようになった。ハリエットも同様だった。帰りはどんどん遅くなり、帰宅が八時を過ぎた二週目の金曜日の晩、ミセス・ジェンキンズはもう戸締まりをしていたが、エリナの帰りを待っていた。

「よくお聞きなさい、エリナ。こんなことは続かないわ。病気になっちゃうから」

「好きでやっているわけじゃないんです。でもこれは、一時的なことですわ。来週は、いくらか事態がおさまるはずですから」

「そう祈ってるわ!」心配そうな表情が、顔いっぱいにひろがった。「二階のあなたのオーブンに、肉といんげんとマッシュルームの入った小さいキャセロールを入れといたから、遠慮なくおあがり。コーヒーとワインですましているんだろうけど、こんなに働いたあとでそれじゃあ、体に毒ですからね」

「ミセス・ジェンキンズ、ありがとう!」エリナは家主の頰にキスをした。

「さあ、行きなさい!」ミセス・ジェンキンズはうれしそうに頰を赤らめた。「部屋へ上がって、足を高くしておやすみ……そうそう、ミセス・ロードに電話をしてちょうだい。今夜、二回もかかってきたんだから」

ゆっくりと階段を上り、台所から漂うおいしそうなにおいにからっぽの胃袋を鳴らしながら、コートを脱いだ。それから受話器を取り、ハリエットの番号をまわした。

「ドクター・ロードです」義兄の穏やかな声だ。

「こんばんは、リチャード。エリナです。今夜は緊急医なら、電話を切りますけれど」

「いいや、違う。しかし身内の医者としてきくけれど、いつもこんな時間に仕事から戻るのかい？」

「おっしゃらないで！　さっき家主さんにもしかられたし、ハリエットには毎晩電話で、いまに倒れるっていやな予言をされているんですもの。ほんとにいまのところ、ものすごく仕事が……ひっきりなしのごたごた続きで、この切り替えがすむまでは、こんな調子が続きそうなんです。今度の社長のことは、ハリエットからお聞きになったでしょう？」

「うんざりするくらいね。しかし、ごたごたであろうとなかろうと、エル、仕事をもっと早く切り上げるようにしないと、惨めな結果になるよ。そばでハリエットがいら立ってぶつぶつ言っているから、代わるよ」

「エリナ、自殺する気？」憤慨した声だ。

「その必要はないわ。こっちの手を借りずに、その点はジェームズが着々とやってくれているから」

「あの人のほうは、だれかがなんとかしなくちゃならないことになるわね。彼、どうしちゃったのよ？この騒ぎが続くあいだ、だれもがこんなとんでもない時間まで仕事をしているの？」

「違うわ。社長とわたしだけよ。こっちが降参して、かんべんしてくれって言うかどうか、忍耐力を試しているんだと思うの。とうてい見込みなし！」

「ねえ、エリナ、意地を張ることはないわ。自分の仕事は自分でするように言いなさいよ」

「ハリエット、そんなにかりかりしないでよ。坊やたちの悪いお手本になっちゃうじゃない！　ヴィクトリアはもう寝かしつけたんでしょうね？」

「ええ、でも話をそらさないでよ。もう少しのんびりしなくちゃだめ。とにかく明日の午後、リチャードが手術をすましてから、迎えにいきますからね」

「そんなにかっかとしないで。午前中は仕事なの」

「エリナ！　二週間も続いたんだからだめ！」

「でもね、ハリエット、誤解しないでほしいんだけれど、この週末はまた、うちにいたいのよ」

意外にも、ハリエットはしばらく黙っていた。

「エリナ、たったいま帰ったばかりじゃないの？」

愛情のこもった気遣わしげな声に、エリナははっと息をのんだ。

「明日は帰ったら気ままに過ごすわ。先週読みはじめた小説があるし、テレビを見たり、日曜日は一日パジャマのままでいたいわ。でも、食事はちゃんと作るって、約束するから。先を越されないうちに言おうと思っていたの」

「わかったわ。うちの坊やたちはおとなしくありませんからね。でも、次の週末は約束したわよ。土曜の晩に、ちょっとしたパーティーを開くの。ご近所の方と先生方が数人、それにリチャードの新しい見習いが一人よ。一度招待してあげたほうがいいと思ってね。あなたも来て、彼がぽつんとしていたら、よろしく頼むわ」

「執念深い人、ハリエット。絶対にあきらめない、そうでしょう？　坊やたちや赤ちゃんによろしくね。土曜の晩に電話します」

その週末は、計画どおりに過ごした。土曜日、オフィスからの帰りに買い物をすませ、月曜日の朝の出勤時間まで一歩も外に出なかった。

三十分も早く出社したというのに、郵便物をかかえてオフィスに入ると、もうジェームズは机に座っていた。

「おはよう、ミセス・ハント。今日の面接リストはあるかね？」

「おはようございます、ミスター・ラムゼー。日程表にはさんでおきました」

「どうも。面接はすべて、午前中いっぱいですましてしまいたい。午後は例のメンバーと会議を持って、ぼくの結論を報告し、推薦された各候補者たちの意見を聞きたいんだ。同席して、記録を取りなさい」

「承知しました、ミスター・ラムゼー」

「郵便物の処理は、会議のあとにするから」

「わかりました。いまはこれだけでしょうか?」

ジェームズがそっけなくうなずくのを見て、エリナはオフィスに戻り、しばらくこぶしを握ったまま、ため息をついて椅子にかけていた。はい、ミスター・ラムゼー、いいえ、ミスター・ラムゼー、もうたくさん、ミスター・ラムゼー……。じきに口述筆記をさせられるはずだ。会議まで、ぎっしり仕事が詰まっている。エリナは歯を食いしばり、今日の郵便物をまわすために、タイプ室に電話をかけた。

その日も一日、ジェームズの就任以来当たり前となってしまった調子で過ぎていった。ひっきりなしに若い男性が不安そうな面持ちで社長室に入っていき、安心してほっとした顔や、意気揚々とした表情で出てきた。一定の間隔をおいて、主にサウジアラビアとブラジルから国際電話がかかり、それぞれその日の日程の進行状況を報告してきた。二時に予定されていた会議はようやく三時半にはじまり、五時半に終わった。

「さてと」ジェームズの目には、後ろめたいような表情があった。「郵便物の処理にかかろうか?」

「はい、ミスター・ラムゼー」エリナは努めて感情を抑えて答えた。いままでの会議中二時間、実際休みなしに、ノートに鉛筆を走らせて速記を取り続けていたのだ。机の上の書類の山から判断すると、最低あと一時間は口述筆記をさせる気でいるらしい。人でなし! 大人げなく、エリナは心の中でそうつぶやいた。

鉛筆と新しいノートを出し、すぐにもろもろの契約の見積もりと支払いの仕事に取りかかった。七時になり、エリナがもうこれ以上は頭も手も思いどおりに働かないと感じたとき、ジェームズは仕事をやめた。

「今日はこれまでにしよう、ミセス・ハント」

「はい、ミスター・ラムゼー」疲れきった声だ。

「おやすみなさい」

「ちょっと待って。もう一度かけたまえ」ジェームズは革張りの大きな椅子にゆったりと座り、指のあいだでペンをくるくるとまわしながら、まじまじと考え深げに青い瞳でエリナを見た。「毎日こんなに時間が不規則で、お宅の……その……家事に差し障りはないのかね？」

「まったくございません」帰り支度をしながら、よそよそしく答える。

「この二週間、ぼくは怠慢だったことに気がついたんだよ。親父はきみをこき使ったあとには、食事に誘ったことだろう。どうやらきみのご亭主は、そうしたつき合いにもご満足と見える。今夜は、ぼくにもその名誉にあずからせてもらいたい……お宅に事情を説明したければ、電話もある」ジェームズは挑むような目つきで見ている。

エリナは激しい憎悪をこめて、相手を見返した。

「ミスター・ラムゼー、あなたはわたし以上に、お父さまのことをご存じです。あの方特有のユーモア精神も、よくよくご承知のことと存じます。お父さまはその食事のことで、はっきりとした場所を言い落とされたんですわ。猛烈に仕事が忙しくて、わたしが食事の支度もできないほど疲れている場合は、あなたのお母さまが一緒にお宅で食事をするようにとおっしゃってくださったんです。お母さまはこのうえなくお優しい方だということを、あなたはだれにも増して認識なさるべきです。わたしがちゃんと食事をしていないようなときには、いつも心配してくださいました」こらえきれなくなりそうな激しい怒りの炎をなんとか静めようとして言葉を切ると、一瞬気まずい沈黙が漂った。「主人のことですが、残念ながら、とやかく言えない立場にあります。六年前に亡くなりましたので」

疲労感と血の気も引くような怒りに、気が遠くなる思いで急いで椅子を立ち、夢中でドアへ向かいながら、ぽつんと涙が頬をつたうのを感じた。さっと立ち上がったジェームズの顔の表情も目に留まらぬまま、ドアのノブをまわそうとしたとき、ジェームズの手がエリナの腕を押さえた。

袖にかかった手をにらみつけると、やがてジェームズは手を放した。

「ミセス・ハント、エリナ、泣かないでくれ」就任以来初めての、よそよそしさも冷たさもない口調だ。

「泣くですって？　泣き方すら忘れてしまったわ。腹が立って仕方がないのよ。それにちょっと疲れているし……。これ以上タイプのご用がなければ、もうちへ帰りたいんです」

「頼むから、恨まないでくれ！　恥ずかしい気持でいっぱいだよ」ジェームズは取り乱したように、ふさふさとした黒髪をかき上げた。「なぜ、未亡人《ウイドウ》だって言ってくれなかったんだ？」

「それが、あなたとどんな関係がありまして？」内心、少々意外だった。「それに、その言葉が嫌いなんです。明らかに、ほかの意味をほのめかす男の人もいますわ。それがまだ若くて、十人並みの器量だと、〝陽気な《メリー》〟という言葉をつけ足して、すぐにも、つかの間の肉体的慰みを求めていると考えるんです。ですからわたしは、自分からはそれを話題にしないようにしているんです」

ジェームズはまだエリナをさえぎって、立ちはだかっている。なにげなく見上げたそのとき、思いがけないことにジェームズはさっと動いてエリナをつかまえ、強く抱き締めた。ふいをつかれた驚きと、屈辱感と疲労感で、エリナはバランスを失い、つかの間ジェームズのたくましい体にもたれかかってしまい、そのあいだにジェームズは唇を合わせようとしながら、手でエリナの顔を上向かせた。エリナは必死で抵抗した。相手の下唇にかみつき、ハイヒールのブーツで向こうずねをけると、うまい具合に腕の力がゆるんだ。身をよじって腕から抜け出し、まだ間近にある憂い顔をにらみつけながら、胸を波打たせていた。

「あなたが来てから毎日、一日じゅう働きづめだったわ。そのお返しがこれなんだから。傷つけられるのはいや！　わたしがちゃんとした女だって、わかったでしょう！　未亡人って言ったとたんに手を出すなんて！」

ジェームズはしきりに唇から流れる血をハンカチでぬぐっている。

「きみの言いたいところは、よくよくわかったよ。ただ慰めたい一心だったんだ。あとのことは誓って言うが、無意識な、自然の成り行きだよ。乱暴な振る舞いをしたことと、きみと親父のことで、とんでもない疑いをかけたことは謝るよ。きみに会って以来、ぼくはずっとそう誤解していたんだ」ジェームズは言葉を切ってほんのり頬を染めたが、それがエリナには魅力的に思われた。「ご主人のことであんなことを言ったりして、ほんとに申しわけなかったよ。知らなかっただけなんだ。何かわけがあってか、親父はそのことをぼくに隠していたものでね。ぼくの足をこっぴどく痛めつけて、きみもかたきは取ったということになるさ。それにこの唇じゃ、ぼくは今夜食事ができるかどうか！」

「けとばしたりしてすみません。ミスター・ラムゼー」

「ジェームズと呼んでくれ」

「とんでもない！　もしよろしかったら、ほんとにもう帰りたいんです。明日も山ほど仕事がありますから」

「エリナ」ジェームズはエリナの手を取った。「逃げ腰にならないでくれよ。もう二度と、ひどい扱いはしないよ。これまでの二週間、きみにつらく当たったことを許すと言ってほしいんだ。きみには信じがたいだろうけれど、どちらかというと、すべてはやきもちのせいだと思うんだよ」

エリナは毅然《きぜん》として、最後の言葉は無視した。

「ええ、いいですわ。許されたからって、あなたにとって何か変わりがあるんでしたらね。でもほんとに、もう行かないとバスがなくなります」

「送っていくよ。コートを取ってきなさい」

額にかかった髪を後ろへなでつけながら、エリナはいぶかしげにジェームズを見上げた。冷ややかな青い瞳に、人を丸め込んでしまうような説得力のある表情を浮かべたこの男が、いままで二週間の冷酷無慈悲な暴君だとは、およそ信じられない。

「頼むから、エリナ。ぼくに情けをかけて、あんな卑劣漢だったことを、少しでも償うチャンスを与えてくれ」

エリナはにっこり笑って肩をすくめた。

「わかりましたわ。でも、ただ疲れているからよ」

ジェームズはエリナが身のまわりのものを持ってくるのを待ち、やがて二人は人けのないエスカレーターを降り、ビルの裏口から駐車場へ出た。水たまりをよけながら、ひっそりと街灯の明かりを浴びてきらきら光っているジェームズの車のところに来た。エリナは贅沢《ぜいたく》な車内のシートに身を沈め、ほれぼれと車を見た。

「ポルシェね、やっぱり……すてき！」

「イメージを保っているのさ。うちはどこ？」

「公園の近くのミル・クレッセントです」

十八番地に着くまでの短いドライブは、打ち解けた沈黙のうちに終わった。

「ありがとうございました。バスよりずっと早かったわ。これ、どうやってはずすのかしら?」

ジェームズは体を乗り出し、安全ベルトとドアのロックをはずしてからも、まだエリナの上にかぶさったまま、おぼろげに見えるエリナの顔を見下ろした。

「一度だけ、ちょっとおやすみのキスをしても、けとばしたりかみついたりするかい?」

相手を押しのけ、反抗すべきだとわかっていたが、ジェームズが軽く息が触れるところまで顔を下げてきても、エリナはじっとしていた。ジェームズはしばらくそのままでいたが、やがてそっとエリナの体に腕をまわしながら唇を重ねた。腕に力がこもり、そっと触れるような口づけを幾度も浴びせられると、動こうというエリナの意志は消えうせてしまった。

ジェームズが執拗《しつよう》になってくると、エリナの体は震えはじめた。

「怖がらないで、エリナ。傷つけやしないよ」

初めはジェームズの誘いにもかたくなだったエリナの唇がとうとう開き、優しく口づけを受け入れると、ジェームズはますます強く抱き締めてきた。エリナは本能的にもがいた。ジェームズはすぐに腕をほどき、鼻の頭に軽く口づけをしてから車を降り、エリナのためにドアを開けた。

「おやすみ、エリナ、また明日の朝」

「おやすみなさい」

後ろを振り返らずに、小走りに庭を駆け抜けた。ソファにどさりと身を投げ出すと、ポルシェのエンジンが力強く静かなうなりをあげて、ミル・クレッセント通りを下っていくのが聞こえた。

いままでの出来事がとても信じられないような気持で、エリナは宙を見つめたまま腰かけていた。ちっとも、あの人が嫌いじゃないわ。初めから、嫌いなんかじゃなかったのよ……。

ジェームズに対する自分の態度を考え直そうと思いながら、意を決したように食事の支度にかかった。トマトを切りながら考える……冷静に、穏やかに、親しく……それが、わたしの態度。あの人の気が向けばいつでも、わたしを少しぐらい不まじめな遊びに利用できる、なんて思わせちゃだめよ。でも、さっき抱かれたときは、なんだかとても不まじめとは正反対に思えたわ……。さあ、もうやめなさい。厳しく自分に言い聞かせると、エリナはテレビの連続物を見ようと、トレイを居間に運んだ。

3

次の朝早く目が覚めたエリナは、気がめいってしまった。激しい雨が窓を打つのを見て、車を手放して以来初めて、マイカー出勤できたらよかったのにと思った。そのうえとても冷え込んでおり、何か暖かい服はないかと衣装戸棚の中を探しながら身震いをした。ワインレッドのセーターとそれに合うプリーツスカートをはき、ラジオから流れるディスクジョッキーのくだらない冗談を聞きながらトーストの朝食をとると、体が暖まってきた。レインコートと傘を持ち、ミセス・ジェンキンズの迷惑にならないようにと、そっと階段を下りた。

アパートの入口のドアを開けたとたん、強く吹きつける雨と風に息が詰まった。トレンチコートの襟を立てて顔をおおい、傘を目深にさして庭を駆け抜けた。歩道まで来ないうちに、道端に黒い大きな車が止まっていて、ジェームズが助手席のドアに手をかけるのが見えた。ありがたく思いながらシートに腰かけ、息を切らして隣のジェームズを見上げた。こげ茶色のスーツ、肌の黒さを際立たせるようなクリーム色のシャツ姿は、いつにも増して魅力的だ。

「おはよう」声は落ち着いているが、顔は楽しそうに輝いている。

「おはようございます。通りがかりですか？」

「いいや、ぼくの信条は、常に誠実であることなんだ。こんなにひどい朝だから、きみを拾っていくのは名案だと思ってね。ゆうべまで、きみがバスで通勤しているのを知らなかったよ」

「だって、たいていの人がそうですわ。実は、つい最近、こういうはめになったんです。二週間前にぽんこつの車がだめになってしまったの。でも、また車を持つ気になれなくて。バス通勤も気楽……一度試してごらんになったら？」

　ジェームズはすまなそうな顔をした。

「ゆうべは、きみが毎晩あんなに遅くまで苦しめられたあげくバスを待たなきゃならなかったのを知って、自分の思い上がりが身にしみたよ。両親と食事をしたんだけれど、おふくろの言ったことを聞かせたかったな。親父《おやじ》のかわいい模範生を虐待したっていうんで、めちゃめちゃに言われたよ！」

「体がむずむずしますわ」エリナは冷たく言った。「心からかお世辞かは別として、今度その模範生という言葉を使ったら、仕事を辞めます！」

　ジェームズはハンドルから片手を上げた。

「ごめん、きみの気に入らないとわかっていたんだ。とにかく、今週後半はきみをそっとしておくと聞いたら、うれしいだろう。二、三日ロンドンに用事ができたから、朝の郵便物にざっと目を通したら発《た》つよ。それまでに昨日の会議の報告がほしい。十一時には発ちたいんだがね」

「はい、わかりました」ジェームズがいなくなることがあまりうれしく思えない自分の気持を意外に思いながら、ぼんやりと返事をする。「ところで、今朝はどうしてわたしを拾う時間がおわかりになったの?」

ジェームズは含み笑いをした。

「わかるもんか、十分くらい待っていたのさ」

エリナは顔をしかめた。

「怖いわ。いままで二週間、氷点下のムードだったのに、こんなに……その……親切にしていただいて……ちょっと疑ってしまうわ。だまして安全だと信じ込ませるおつもり?」

ポルシェは駐車場に入って止まった。ジェームズはシートに座ったまま向き直り、ややこしいシートベルトの金具をはずそうとしているエリナの腕を押さえた。

「ちょっと、あわてて出ていかないでくれよ、エリナ。まだ早いんだから。日常の騒ぎがはじまる前にもう一度、いままでのぼくの振る舞いと、特に残業させたことを謝りたいんだ。初めてきみを見たとき、きみは親父に抱かれていたし、いろんな理由で、こっちはあまりいい気がしなかったことをわかってくれ。そこへもってきて、きみは結婚しているとかなんとか言って、まことしやかにぼくの間違いを訂正した。あの晩ぼくは、人生にうんざりした気分でうちに帰ったんだ。今度、一晩ぼくにつき合って、きみのことを聞かせてくれないかい? 冷静になってから考えてみて、愕然《がくぜん》としたよ。六年前にご主人が亡くなったなんて、そのときまだきみは、まだほんの若いお嬢さんじゃないか」

エリナはしばらく黙ったまま、フロントガラスを洗い流す雨をじっと見ていたが、やがてジェームズのほうを向いた。

「お話しすることなんて、そんなにないわ。でも、お望みなら、いままでのことをお聞かせします」

「とても知りたいんだよ」ジェームズはエリナの手を取った。「土曜の朝に戻る。夜、一緒に食事をしよう」

「ごめんなさい。もう予定があるの」

ジェームズはエリナの手を膝に戻した。

「そうだな……ばかだったよ。六年もたっているんじゃ、きみとつき合っている相手がいるに違いないさ」くすくす笑うエリナを、ジェームズは鋭い目つきで見た。

「そのとおりよ！　でもその人、というかその人たちは、わたしの姉と、開業医をしている義兄《あに》と、坊やが三人と女の赤ちゃんなの。姉のハリエットは、たいていの週末にわたしが向こうへ行くことをよく承知していて、ウイークデーは好きにさせてくれるんです。コベントリーへ行く途中の、トルマーストンに住んでいるの」

ジェームズは大きな手でエリナの顔を自分のほうに向かせ、真剣にのぞき込んだ。

「ほかに男はいないんだろうね？」

じろじろと探るような青い瞳に見つめられて赤くなりながら、エリナは相手の目をまともに見返した。

「いま言った四人のほかには、だれも」

「姉さんは土曜日一晩くらい、自由にさせてくれるかい？」

「もちろんよ。わたしは自由の身ですもの。でもここ二週続けて、週末は何をしたくてもへとへとだったから、一人で死んだように寝ころがっていたくてアパートにいたんです。ほら、オフィスでうんざりするほど働きづめでしたもの」エリナはジェームズの後ろめたそうな顔ににっこりと笑いかけた。「今度の週末は、姉のところでちょっとしたパーティーがあるので、わたしもお料理に手を貸したり、ヴィクトリアを寝かしつけたり……そんな手伝いをするんです。あの……ジェームズ？　いらっしゃらない？　ハリエットもリチャードも、大喜びするわ。とてもおもてなしが上手な夫婦なのよ。もちろん、おいやでなければね。その……気が進まなかったら、はっきりいやとおっしゃってね」

「行くとも、住所は？　怪しまずにぼくを迎えてくれるご主人の名前は？」

「トルマーストン、ストニー通り、ヘッジロウ。ドクター・リチャード・ロードよ。左側の三軒目で、庭にヴィクトリア風の街灯があるわ」エリナはジェームズの素早い反応に、いささか圧倒された。

ジェームズは小さな黒い手帳にそれを書き留めて胸のポケットにしまい、外の雨をのぞいた。

「きみも気がついていると思うけれど、ほとんどの社員が出勤して、なんだって朝っぱらから、きみがぼくの車に乗っているのかって、好奇心をかき立てられているよ。これできみの信望にも取り返しのつかない傷がついたわけだ。さあ、傘をさしかけてあげよう。まったくひどい朝だ！」

「一人で行くほうが、いいかもしれないわ」

「ぼくと一緒のところを見られるのが、恥ずかしいんだな」ジェームズは強引にエリナの肘をつかみ、ビルの裏口へ無理やり引き立てていった。

二人が連れ立って入ってくるのを見た受付のルイーズの顔は、見ものだった。

「おはようございます」ルイーズは目を丸くした。

「おはよう、ルイーズ」ジェームズはまだ、いやがるエリナの肘をつかんでいる。「テレックスには、まだ何も入らないかい？」

「まだです。でもミスター・コルターが、ご都合のよろしいときに、お話をなさりたいそうですわ」

ジェームズはうなずいてから、エリナと一緒に階段を上りはじめた。

「放して！」エリナは小声で言った。

階段を上りきると、ジェームズの青い瞳がにこにこと笑って輝いた。

「きまりが悪いかい？」

「とっても。注目の的になることには慣れていないんですもの。それに、噂《うわさ》になりたくありませんわ」

「落ち着いて、落ち着いて。レインコートを脱いだら、至急の用件だけ持ってきてもらって片づけてしまおう」

「はい」エリナはそそくさと逃げるように離れた。

十一時半になって、報告書と前日分の山のような書類が仕上がった。ジェームズはコーヒーを飲みながらそれに署名をした。

「あとは全部、きみが処理できるな」机をまわってきて、エリナの鼻先で手を振る。「毎日五時に帰って、九時に寝て、過労にならないようにしたまえ。目の下に、まぶたのシャドーと同じようなくまができているよ」

「まあ、お優しいこと。つまり、鬼ばばみたいだっておっしゃりたいのね」

ジェームズはエリナを椅子から立たせ、しっかりと肩を抱いた。

「わざとらしいこじつけにすぎないさ。エリナ、ぼくがほんとに言いたいことは、もっと時間があるとき、もっといい機会に詳しく話すよ」

エリナは素早くジェームズの手を振りほどき、革のコートとブリーフケースを渡した。

「運転にお気をつけて。まだどしゃ降りだし、道路のしぶきもすごいですから」

「まるで、本気で心配してくれているみたいだ」

「きまってますわ。高性能の車だからって、高速道路をめちゃめちゃに飛ばさないでください」

ジェームズは戸口で振り返った。

「土曜の晩、つき合うよ。きみの姉さんは、どんな服装で来てほしいと思うかな?」

「あら、男性はごく気楽な格好だし、女性は華やかな人も奇抜な人もいるわ。いずれにしても、来てくだされば、大歓迎されます」

「そうかい?」

二人はじっと見つめ合った。ジェームズが急ににっこりと笑って出ていってしまうと、エリナは、ジェームズがいなくなってほっとしているのか、取り残されて寂しいのか、自分で自分の気持がよくわからなかった。

延び延びになっていた日常の雑事を片づけ、以前のようにフランシスと食事をしたりしてかなり平穏な二日間を過ごし、毎晩ぐっすり眠ったおかげで、エリナはだいぶ、いつもの自分らしさを取り戻したような気がした。

金曜日の午後、フランシスと一緒に食事をすまし、どことなく弱々しい十一月の日差しの中をぶらぶらと戻ってきた。突然フランシスが、この二週間、エリナの心に大きくのしかかっていたことを切り出した。

「エリナ、とっても気になることがあるの。今度の人事異動が、あなたのポストを完全に削ることになりそうなのは、とても正当なこととは思えないわ」

「心配しないで。そんなに苦労しないでほかの仕事を探す自信はあるの。資格もちゃんとあるし、ラムゼー家ではきっと、いい推薦状をくださるわよ」

フランシスは心配そうだ。

「ロンドンには、あなたのポストはないの?」

エリナは陽気に笑った。

「まっぴらご免よ。とても行く気はないわ。この土地の居心地のいいちっぽけな住まいに、すっかり満足しているんですもの。この週末は、ハリエットに会うのを楽しみにしているの。リチャードに迎えにきてもらわないで、早起きしてバスで行くわ」

「そうそう、車がなかったのね。忘れていたわ。行くのは今夜にしたら？」

「考えていなかったけれど、それもそうね。どうして？」

「七時にロンドンからの列車で来るコリンを迎えにいくの。あなたを拾っていって、ハリエットのうちの前で降ろしてあげるわよ」

「よかった、ありがとう。じゃ、六時ごろにね」

ジェームズのオフィスへ行き、月曜日に備えてきちんと室内が整頓《せいとん》できているかどうかを確かめた。こんなにもあっけなく〝ジェームズのオフィス〟になってしまうなんて、不思議……そう思っていると電話のベルが鳴ったので、自分のオフィスへ戻った。

受話器から流れる深い声に、胸がときめいた。

「なぜうちへ帰らないんだい、エリナ？　ぼくが戻るまでは、気楽にやるように言ったはずだよ」

「帰ってしまっていたら、こうしていま、あなたとお話しできなかったわ。何かご用でも？」

「そのことについては、たぶん明日の晩話すよ！　ついでに、きみがうっかり忘れているといけないと思ってね、ぼくらはデート……まあ、そんなひとときを過ごすんだっていうことを、念を押しておこうと思ったのさ」

「忘れていませんわ」

「よかったよ。でも、予定より少し遅れそうなんだ。明日も、まだいくらか仕事が残っているからね。そっちはうまくいっているかい？」

「申し分ありません」

「じゃあ、もう帰りたまえ。これは頼みじゃなくて、命令だ」

エリナはそっと笑った。

「おっしゃるとおりにいたします。帰りますわ」

「じゃあ、明日まで、チャオ」

期待に胸をふくらましてビルを出た。バス停までの道を歩きながら、男の子たちには甘い菓子と漫画を数冊、赤ん坊にはふわふわしたベルベットのボールを買った。

鼻歌を歌いながらシャンプーをすまし、コーヒーを傍らに、ドライヤーで髪を乾かした。すっかり乾いた長い髪を太いおさげに結うと、黒のコーデュロイのスラックスに淡い黄色のセーターを着、膝までのブーツをはいた。下着やパジャマを小さなバッグに詰め、衣装戸棚をのぞいてパーティーで着る服を探した。これといったドレスが見当たらない。エリナはふと思いとどまって衣装戸棚を閉じ、バッグを閉めてミセス・ジェンキンズに挨拶《あいさつ》をしに下りた。

フランシスは約束どおりにエリナを車で拾って、ストトニー通りのはずれで降ろしてくれた。フランシスは窓から顔を突き出して、大声で言った。

「もっとしょっちゅう、そうやっておさげにしたら？　似合うわよ！」

笑って手を振り、ヘッジロウのハリエットの家へと歩きだした。びっくりさせようと思い、あらかじめ電話連絡をしないことにしたのだ。広い庭を抜け、コッツウォールド石造りの大きな戦前の屋敷へ向かって歩いた。分厚いオーク材のドアの横にあるベルを鳴らし、そわそわと待つ。八歳になるエドワードが玄関のドアを開け、喜びに顔を輝かしながら飛びついてきた。

「エルおばちゃん、明日来るんだと思っていたのに！」

すぐに二人の弟とやかましい大きなラブラドル犬が加わってエリナを囲み、犬はほえ、男の子たちが早口にまくしたてる中を、エドワードが大切そうにバッグをかかえ、エリナをホールへ通した。

ハリエットが腕を差しのべて階段を下りてきた。

「エリナ！　びっくりさせるじゃないの、どうやって来たの？」

「フランシス・マーシャルが乗せてきてくれるって言うものだから、明日じゃなくて今夜来ることにしたの。怒らないでしょう？」

「怒るわけないじゃないの、おばかさん。とにかく、二週間会えなかった代わりに、少しおまけの時間ができたわけね」

全員が居間に集まり、エリナが大きなソファに座ると、両側と膝の上には甥《おい》たちが、足元には犬が陣取った。ハリエットからシェリー酒のグラスを受け取りながら、エリナは幸せそうにため息をついた。

「一週間や二週間じゃなくて、何年も来なかったような気分よ。会いたかったわ。ヴィクトリアは？」

「寝ているわ。あなたが今夜来るってわかっていたら、起こしておいたのにね。でも、知らなくてよかった。びっくりさせられるほうが楽しいもの」

ハリエットは首をかしげて後ろに下がり、考え込むようにエリナを見つめた。

「感じが違うわよ」

「髪を洗ったあとで、結っている暇がなかったのよ。子供っぽいおさげのせいだと思うけど？」

「かもしれないわ。なんだか……華やいだ感じよ」

エリナは妙に自分を意識して笑った。

「生まれ変わった女性に見せますっていう宣伝文句の新しいシャンプーのせいよ……ディビッド、なあに？」

膝にのった四歳のディビッドはエリナのおさげを引っぱり、自分のほうを向かせようとしている。

エリナはとぼけてみせた。

「何がほしいのかな、ディビッド・ロード？」

「エルおばちゃん、ぼくたちになんか持ってきてくれなかったの？」

「催促なんかするもんじゃないってば」チャールズが三歳年上の貫禄《かんろく》たっぷりにたしなめる。

エリナは折れ、エドワードにバッグを持ってこさせた。エドワードは床の上でバッグを開けた。漫画本や菓子は公平に分けられ、犬のユノとソフィまでが菓子のおこぼれをもらい、しばらく平穏だった。

「さあ、エリナ、二階へ行きましょう」ハリエットが言った。「あなたたち、少しだけならテレビを見てもいいわよ。けんかをしないで。パパが帰っていらしたら教えてね」

階段を上りながら、エリナは満足そうに周囲を見まわした。ハリエットの家は、古いものと新しいものとがうまく調和している。サラサのカバーがかかったソファ、ベルベット張りの椅子、真鍮《しんちゅう》製品や銅製品の輝きを際立たせるような毛足の長いブロンズ色の絨毯《じゅうたん》、あちらこちらに花も生けてある。よく磨かれた家具や、新鮮な花や、おいしそうな家庭料理のよいにおいがまざり合ったえもいわれぬ家庭の香りを、たっぷり吸い込む。

「ところで、いやな仕事のほうはどうなの？　いろいろ考え合わせてみると、かなりうまく切り抜けてきたらしいじゃないの」

「いまはだいぶ落ち着いたの。ジェームズが二日間ロンドンへ出張だから、ちょっと息を抜いているところよ」

「ジェームズ？　もう名前で呼び合う仲なの？　ついこのあいだ話したときには、まるで仲が悪かったじゃないの」

鏡台の鏡をのぞいて髪をもてあそびながら、エリナはさりげなく言った。

「ハリエット、明日、もう一人お客が増えてもかまわない？」

ハリエットは目を丸くして、すっと立った。

「だれかお招きしたのね？　もちろんかまわないけ

れど、どなた？」

「ジェームズ・ラムゼーよ。ちょっと、ハリエット、口を結んでよ。ぽかんと開いてるわよ」

「ジェームズ・ラムゼー？　だってあなたたちは犬猿の仲で、あちらはあなたのことを、お父さまと馴《な》れ合いのかわいこちゃんと考えているものと思っていたわ」

「どこでそんな品の悪い言い方を覚えたの？　いまはもうあの人、わたしがかわいこちゃんじゃないことも、夫がいないことも知っているわ。正直言って彼、自分の態度をとても後悔しているの……初めのうち、ひどく気むずかしかったことをね」

「気むずかしいですって！」ハリエットはスーツケースを開けながら、鼻を鳴らすように言った。「それはちょっと、言葉が足りないと思うわよ。ところでおかしいわね、下着とパジャマだけで、ドレスが入っていないじゃないの。明日はパーティーだっていうのに」

「明日の朝、もしリチャードが当番医でなかったら、一時間だけコベントリーまでつき合ってもらえたらと思ったの。ドレスがほしいのよ。地味な娘っぽい服に、ちょっぴり飽きちゃったものだから」

「リチャードなら大丈夫よ。いいわ、行くわよ。人がお金を遣うのは大好きですからね」ハリエットはふと黙り、探るようにエリナを見た。「明日の晩、ジェームズが見えるからなの？」

「ええ、どちらかといえば、そうだと思うわ」

「エル、いいのね？　その、傷つけられるとか、おかしなことになっちゃだめよ」

「おかしなことだなんて、考えてもいないわよ。わたしだってもう一人前の女だし、新しいドレスがほしいだけ。ニックが亡くなってから初めて、自分から デートの約束をしたの。実はね、ジェームズが土曜日のディナーに誘いたいって言ったの。いままでの埋め合わせのつもりだと思うわ。わたしもまた前みたいにいがみ合いたくなかったし、ジェームズだってここへ来たがるんじゃないかと思ったの。もちろんあの人、すぐにオーケーしたわ」

「それはそうでしょうよ。ロード家の夜会に招待されるなんて、めったにないことですからね。なんだかちょっと、失礼な言い方になっちゃったかしら。あら、階下《した》で大騒ぎをしているみたい、リチャードが帰ったらしいわ」

エリナは少し遅れてついていったが、姉は階段を駆け下り、背の高い金髪の夫に勢いよくキスをした。

「お帰りなさい。すてきでしょう、エリナがね、明日じゃなくて今日来てくれたの。だから明日の午前中、子供たちを見ていてくださるわよね？　エリナがコベントリーで新しいドレスを買いたいんですって。それにうちのパーティーに、ジェームズ・ラムゼーをご招待したんですって……」

「わかった、わかった」リチャードは寛大に笑ってハリエットをさえぎった。それからエリナのほうを振り向いて抱き締め、一見もの憂げなグレーの瞳をきらりと光らし、さも専門家ですよ、というようにまじまじとエリナを見た。「毎晩のように、ハリエットからシリーズで聞かされる哀れな身の上話によれば、きみは真っ青で、衰弱して、痛ましげなはずなんだがね。おさげにその格好じゃ、十五ぐらいに見えるし、それにしては色気があるよ」

みんながおかしがる中でエリナは赤くなり、そそくさと、ディビッドに本を読んでやって寝かしつけるから、と申し出た。

ディビッドを背負ったエリナの姿が見えなくなると、リチャードとハリエットは顔を見合わせた。

「明日の晩エリナのボスが来るとは、いったい何事なんだい？」リチャードはシェリー酒を飲みながら尋ねた。「エリナには、まるっきり受けない人物だと思っていたよ」

「どうやら今週になって、事情が変わったらしいの。ただ……」ハリエットは言葉を濁し、心配そうに夫を見上げた。

リチャードはハリエットを抱き、頬に口づけをした。「ハリエット、エリナをすべてから守ってやるわけにはいかないんだよ。もう一人前の、分別ある女性だ。おまけにエリナはうちに泊まっているんだから、あちらさんだって、送り狼にもなれないさ。さて、夕食はなんだい？　腹ぺこだよ！」

4

翌朝早く目覚め、足音を忍ばせて隣の部屋へ行くと、八カ月になるヴィクトリアが催促するように両手を上げて、ベッドの中で起きている。

「よしよし、いい子ね。お洋服を着せてあげますから、一緒にお食事しましょうね」

台所へ下りてくると、ハリエットが大あくびをしている。「おばちゃん、気分はどう？」

「いい気持よ。ぐっすり眠れたの。コーヒーの用意をしてくださったら、あとはわたしがするわ」

「ヴィクトリアも連れていくわよ。邪魔にはならないし、ちゃんと早く行けば、わたしが見つけたあっと驚くようなお店のすぐ近くに車を止められるわ」

「お値段のほうも、さぞかしあっと驚かされるんでしょうね」

「それだけの値打ちはあるわよ。それにここ何年か、あなたがパーティー用のドレスを買った覚えがないわね。どんなドレスを考えているの？」

「わかるでしょう？　ものすごくすてきで、ありきたりでないドレスよ。具体的なイメージはないけれど、体の線がきれいに出る、あか抜けた服がいいわ。最近、地味できちんとしたものばかり着ているんですもの」

「急ぎましょう。アナリンならきっと、あなたの好みに合うものを見つくろってくれるわ。生粋のフランス人じゃないと思うけれど、あの人の作り出すイメージはフランス風なの。感覚は確かよ」

ほどなく二人はハリエットの小型車に乗り込み、機嫌よくぶつぶつと声を立てているヴィクトリアを後ろのベビー用シートに座らせ、コベントリーへ向かった。

「ジェームズはね、ポルシェを持っているの」

「乗せてもらったことはあるの？」

「このあいだの夜、うちまで送ってくれたし、次の朝天気がひどかったもので、迎えにきてくれたわ」

驚きを隠そうとする表情がありありと見えるハリエットの顔に、エリナはくすくす笑った。

「まったく、ゆうべは一言もそんなことを言わなかったじゃないの。意地悪ね！　その話しぶりじゃ、すっかり事情は変わったみたいね」

「いやみを言ったりしないときは、とても魅力的なの。正直言って、あの人がなぜいつも若い娘たちにねらわれるのか、わかったわ……知っている限りでは、ミセスにもよ」

「エリナ、彼にまいっちゃったの？」

「いいえ、でもそれが、どんなに簡単なことか、わかりはじめたところなの。とにかく、お宅のパーテイーに誘っただけ。人がたくさんいる部屋では、とてもそんな気持になれっこないわ。あの人、わたしと……よりによって自分の父親との関係を疑ったことで、おおいに償いたい気持でいると思うの」

「そうなの。それでも、あなたはよろいかぶとで身を固めたほうがいいわね。美しい装いは立派な品行の支えとなる、ですからね」

ブティックに着くと、そのしゃれた店がいかにも高級そうなので、エリナは逃げ腰になった。

「マダム・アナリン、おはよう。妹のミセス・ハントです。何かすてきなドレスがほしいそうよ」

「ミセス・ロード、またお目にかかれてうれしいですわ。ミセス・ハント、はじめまして。どんなドレスをお考えでしょうか？　きっとお気に召す品をお出しできましてよ」

「ショートドレスで黒かしら……ごてごてしていないのがいいわ……あまりはっきり、これという考えもないんですけれど……」

一時間後、ハリエットは意気揚々と、エリナはいささかぽうっとした状態で店を出た。アナリンは如才なく、エリナのオリーブ色の肌には、黒よりもガーネット色の絹のほうがよく似合うことを指摘した。アナリンが出してきたのは、細身のすとんとしたドレスで、細い肩ひもがついており、くすんだえんじのスパンコールを散らした同色の短いジャケットがついていた。

ほどなく二人は車に戻ったが、エリナの両手は荷物でいっぱいだ——黒のきゃしゃなバックレスの靴、ドレスの下につけるひもなしの黒いレースのブラジャー、新しい香水、ドレスと同色の口紅。

帰りの車の中で、エリナはおぼつかない気分に襲われた。

「ハリエット、わたし、もう破産だわ」

「ばかおっしゃい！　あのドレスなら、あり金はたいても惜しくないわ。あんなにあっさりしているのに、セクシーなのが不思議よ」

「セクシー？　それがちょっと見えすいている？」

「いいこと、あなたは毎日、優秀な秘書のお手本みたいな格好をしているんじゃないの。たまにはあでやかになる権利があるのよ。髪を下ろして……そう、またおさげにしたら？　似合うわ」

おさげはどうかしら、と思っていると、車は家に着いた。二人はたちまち犬や子供たちに取り囲まれ、エリナのさまざまな懸念は、午後のてんやわんやの騒ぎにまぎれてしまった。

昼食後、男の子たちは庭へ遊びにいき、エリナはヴィクトリアを膝にのせ、三人の大人はコーヒーを飲んでおしゃべりをした。ハリエットはまざまざと目に浮かぶように、新しいドレスのことをリチャードに説明した。

リチャードはエリナのぼんやりと考え込むような顔を、探るようにのぞき込んだ。

「おじけづいたのかい、エル？」

「そんなところだわ。なぜジェームズを招いたりしたのかわからないの。いつも衝動的なほうじゃないのにね。予定があるって言ったとき、妙にあの人が気を悪くしたように見えたせいなの」

「ほら、ややこしく考えないことよ。ごまかしてジェームズに押しつけられる人がたくさんいるわ……まず、アルシア・スモールウッドが来るわ」

エリナはくすくすと笑った。

「アルシアってほんとにかわいいし、いつだってきっと、ほかのお客さまの噂《うわさ》の種になるような服を着てくるのよね」

「あの女《ひと》は、人生の楽しみが二つあるの。男と馬。うちで開いた子供抜きの朝のコーヒーパーティーにね、それこそ干し草と肥料だらけのジーンズに、袖に穴の空いたつんつるてんのセーターを着てきたんですもの。前の晩徹夜で自分の雌馬につきっきりで、そのままの格好で来たのよ。そのくせ夜は、すけすけのシフォンだとか、体にぴったりの革のジャケットにブーツなんかで来るの。でも、ほんとに心根の優しい人。医者の奥さんとしては、型破りな感じだわ」

「相手がだれによらずさ」リチャードはハリエットの洗い物を手伝いながらにっこり笑った。

「とにかくエリナ、もし気まずくなったら、ジェームズはアルシアに押しつけてしまいなさいな」

「ジェームズはとうてい、邪険に扱えるタイプじゃないのよ」

夕方六時までに、ハリエットとエリナはもてなしの支度をすべてすました。下の二人の子供を寝かしつけ、上の二人は客が来るまでテレビを見せることにし、エリナが着替えはじめたのは、もう七時に近かった。

さっとシャワーを浴び、深紅のドレスに袖を通した。寝室の鏡の前でファスナーを上げ、自分の姿をいぶかしげにのぞき込む。だれが見てもぴったりだわ……。後ろ姿を見ようとぴんと背筋を伸ばし、必要以上に体の線が出ていなければいいのだけれど、と思う。頬紅をいくぶん多めにつけ、大きな黒い目を強調し、いつもよりていねいに化粧をすました。新しい口紅の色は申し分がない。最後の仕上げをすまし、鏡に向かってしかめ面をした。これなら、王さまの前にだって出られるわ！

ハリエットに勧められたからといって、髪を下ろしておくつもりはなかった。真ん中から分けて左右を鳥の羽のようにふくらませ、大半を上にかき上げててっぺんで留めた。Eのイニシャルの金のネックレスをし、香水をつけ、靴をはき、ジャケットを着て、最後にもう一度姿を見直す。さあ、でき上がり。

もとがもとなんだから、これなら考え得る限りの最高の出来ばえだわ。

「支度はいいの？」黒いチューリップを散らしたれんが色のシフォンのドレスを着たハリエットが、勢いよく飛び込んできた。

「すてきなドレスじゃないの、ハリエット。リチャードはほんとに目が確かね」

「わたしはいいのよ、あなたを見ましょうよ。まわってみて」

あまりに長いあいだハリエットが何も言わないので、エリナはじれったくなった。「おかしい？　それとも、何か？　ただ黙って立っていないでよ！」

ハリエットは大きなため息をついた。「ふさわしい言葉を探していたのよ。磨きがかかって見えるわ……まるで肌と髪の毛が、ジャケットに照り映えているみたい。アナリンに、もっとお金を払いにいくべきだと思うわ。安い買い物だったじゃないの！」

エリナは姉の大げさな言葉に笑った。「ひいき目でなければいいんだけれど」

「さあ、飲み物をいただいて、リチャードにかけてもらう音楽を決めましょう。にぎやかで、踊りだしたくなるような軽快な曲がいいわね」

ほんのりと照明のともったホールへ下りていくと、バーの支度をしているリチャードが振り返った。

「何を飲む？　これはこれはエリナ、息をのむようだ。いや、本気さ。身内同士でよかったよ」

「ばかなこと言わないで。まるで、ハリエットが動きまわっているあいだにいつも、だれかれかまわず目をつけているみたい！　でも、ありがとう。白ワインにします。毎晩いただいているの」

間もなく一番乗りの客が到着したので、ハリエットは二人の息子をベッドに追い払った。じきにホールには、音楽と笑い声が満ちあふれた。ほとんどが顔見知りの客なので、エリナはこちらのグループ、あちらのグループと、オードブルを勧めたり飲み物をつぎ足したりしてまわった。リチャードの同僚の夫妻としゃべっていると、リチャードが手招きをするのが見えたので、席をはずした。エリナが近づくと、一緒に話をしていた金髪で長身の若者が、ひょいと振り向いた。面長で、鼻は明らかに昔折れたことがあるらしい。男はエリナの手を取り、知的な茶色の瞳にはっとしたような表情を浮かべた。

「クリス・テイトだ。今度来た見習いでね。クリス、こちら家内の妹で、エリナ・ハントだ。エル、飲み物をついであげて、紹介してまわってくれよ」

長身の若い男はエリナをL字型ホールの静かな隅へ連れていき、まだほとぼりが冷めないような顔でエリナを見下ろして立ち尽くした。

「ちょっとぼんやりしてしまったみたいで、失礼。たったいまミセス・ロードにお会いしたばかりで、胸のどきどきがおさまらないのに、あなたを紹介されたものですからね。まだほかにも、すてきなご姉妹がおられるんですか?」

その純朴そうな笑顔に誘われて、エリナも笑った。

「残念ながら、わたしたち二人だけですわ」

クリスはエリナの左手を取り、大げさに目をおおった。「もう予約ずみだってことぐらい、わかってもよさそうなものでしたね」

「主人は亡くなりましたの」

「お気の毒に、と申し上げるべきでしょうね。だけど……その……最近のことじゃないんでしょう?」

エリナが首を横に振ると、クリスはほっとため息をついた。「ごらんのとおり、あまり如才ないほうじゃなくて、悪く思わないでください」

「ご存じなかったんですもの、ミスター・テイト。さあ、どなたとお知り合いになりたいのかしら?」

「クリスと呼んでください。いまは、このままこうしているほうが幸せだな。そんなにすぐに突き放さないでくださいよ」

エリナは笑いながらグラスを差し出した。

「わたしのワインを足して、あなたのもついでいらしてくださいません？　それからみなさんのことをお話ししますわ」

言われたとおり、クリスが楽しそうに語り合う人々のあいだを縫って行ってしまうと、エリナはちらりと時計を見た。もう九時だというのに、ジェームズの姿が見えない。ため息をつき、飲み物を持ってきたクリスに、こぼれるような笑顔を向けた。グラスを傾けるエリナに、クリスは身の上や仕事のことを尋ねてくる。

しばらくのあいだ、問われるままに仕事の話をし、今度はクリス自身のことや生いたちなどをきき返した。エリナはほかの客のことや土地の観光名所の話をし、そのうちお互いに映画ファンであることもわかって、二人はひとしきり、親しく語り合った。

「みなさんにご紹介するはずだったんですわ」

「医者関係の方たちは、もう知っています。それに正直なところ……」クリスは、明らかに誘惑するような目つきで見下ろした。「ぼくが知りたいのは、あなたのことですよ。こちらにお住まいですか？　好きな方がいらっしゃるんですか？」

「ほら！」エリナはにっこりと笑った。「待ってね、ほらごらんになって。アルシア・スモールウッドがいらしたわ。まあ、なんて奇抜だこと！　後ろがご主人で、耳鼻咽喉《いんこう》科の軍医さんよ」

いそいそとハリエットやリチャードと抱き合っている問題の婦人は、ファスナーを大きく開けたままの、ピンクのサテンの作業着のような服にすっぽり身を包み、金色のキッド革のくるぶしまでのブーツをはき、頭は淡い金髪が光の輪のように縮れている。

クリスはあっという顔をして振り返った。

「医者の奥さんって、上下そろいの服に真珠とか、少し黒っぽいドレスを着るものだとばかり思っていましたよ」

「アルシアは最高にすてきな方だけれど、服の好みにかけては斬新《ざんしん》なのよ」

「いかしてるって言うんでしょう。でも、あなたのドレスにはうっとりさせられるな」クリスは、エリナが部屋の向こうが見えなくなるほど近寄った。

「明日、会ってもらえませんか？　昼でも夕食でも、あるいはほかに何かいい思いつきでもあれば……」

エリナは笑いながら首を横に振った。

「ごめんなさい。こちらへは週末に来るだけなの。日曜の昼食は、姪《めい》や甥《おい》と一緒の決まりになっているんです」

茶色い瞳には、断固とした意志が表れている。

「ウイークデーは？」

エリナは閉じ込められているような気がした。クリスは片腕をエリナのわきの壁で支え、そのうえただならぬほど近づいている。

「実は……」話題をそらそうとして、エリナは嘘《うそ》を言った。「ワインのお代わりがほしいわ」

「ちょうどよかった」深い声にクリスが振り向いた。両手にグラスを持ったジェームズが立っている。

「お姉さんから、きみは白ワインだと聞いたものでね、エリナ」

エリナはジェームズからグラスを受け取り、挨拶《あいさつ》をするでもなく新来者に見とれているクリスに、からのグラスを渡した。

「ようこそ、ジェームズ。いらしたのが見えなかったわ。こちらクリス・テイト。リチャードの新しい見習いよ。クリス、わたしの上司で、ジェームズ・ラムゼーです」

二人は低い声で儀礼的な挨拶を交わし、やがてクリスは悲しい事実を納得したかのように、ジェームズからエリナへと目を移した。

「グラスを戻してきますよ、エリナ。相手をしてくださってありがとう。お目にかかれて光栄です、ミスター・ラムゼー」クリスは人々のあいだを縫うようにして立ち去った。

気の毒そうにその後ろ姿を見送っていたエリナは、ジェームズの考え深げな視線にぶつかって、あわててワインを飲み下した。

「いらしたのが見えなかったわ」意外にも、さっきと同じ言葉が、繰り返し口を突いて出た。

「それは当然さ。お若いのが……テイトだっけ？……きみの視界をそっくりさえぎっていたじゃないか」ジェームズは心地よさそうに壁に寄りかかっている。「彼をとがめるわけじゃないよ。きみがあんまりすてきだからね」

「いろいろな意味に取れるわ」

ジェームズは肩が触れ合うほど近づいた。

「ぼくの言いたいことは、よくわかっているはずだよ。昼間の超有能秘書が、夜になるとこのうえなく魅力的な魔女に変身する。あの青年がぽうっとしていたのは、その華やかなドレスのせいばかりじゃないよ」

エリナはグラスの縁越しに、品定めをするかのようにジェームズを見た。

「あなただって、ちょっと感じが違うわ」

日中仕事用に着る地味で堅苦しいスーツが、茶色の絹のシャツとラメ入りのアイボリーのコーデュロイの上着に替わっている。たくさんの女性がちらちらと流し目を送っているところを見ると、服の効果はいうまでもないらしい。

「気に入ったかい？」

「それはもう、すてきよ。あんまりハンサムで、ぽうっとのぼせてしまいそう。ハリエットの友だちが珍しがって騒いでいるじゃないの」

ジェームズは険しい目つきでエリナを見た。

「何杯ワインを飲んだんだい？」

「数えてなんかいないわ。酔っているとおっしゃりたいの？」

「決して酔ってはいないがね、どう見たってほろ酔い加減だよ」

エリナは幸せそうにジェームズを見上げた。

「気持がうきうきしているからよ。こんな気分、初めてなの。ねえ、ハリエットをどうお思い？」

「すごく魅力的なレディだ。きみのお義兄《にい》さんも、幸せ者だよ」

「ハリエットがお好き？」

「野暮を言うんじゃない。他人《ひと》の奥さんは、好きにならないことにしているんだ」ジェームズはエリナのウエストに腕をまわした。「でも、ほれぼれするような未亡人には、目をつけずにいられないさ」

思わず体がこわばったが、やがて緊張がほぐれたエリナは、冷やかすような青い瞳に笑いかけた。

「ジェームズ、わたしと恋愛ごっこをなさるおつもり？」

「いまどきだれも、そんな言葉は使わないものと思っていたよ。でも、お尋ねとあらば答えるが、そのとおりさ、ミセス・ハント。いやかい？」

エリナは首を横に振り、支えているジェームズの腕にもたれかかった。

「何時に戻っていらしたの？」

「一時間前にうちに着いて、シャワーを浴びて、気楽なパーティー着をひっかけて、こうしていまここにいるのさ」

「それじゃあ、お腹《なか》がすいていらっしゃるでしょう。みんなが押しかける前に、何か食べ物を持ってきましょうよ」

「どこかこっそり食べられるような、適当な場所を探してくれる約束ならね」

「みなさんにご紹介しなくては。アルシア・スモールウッドが、好奇心でどうにかなっちゃいそうよ」

「あのサテンのつなぎ服を着たブロンド女性のことなら、着いたときに会ったよ。お姉さんが、彼女と医者を二人紹介してくれたし、いまのところこれで十分さ。エリナ、きみは核心に触れまいとしているらしいが、はっきりさせようじゃないか。きみのお姉さんやお義兄さんにお目にかかる光栄は別として、今夜は一つ、目的があって来た……きみに会うことだ」

最後の一言がいささか露骨に思われ、エリナは一口でワインを飲み干してしまった。

「そんなことおっしゃらないでいただきたいわ」

「何がいけないんだい？」ジェームズはエリナの手を取った。「ぼくは常に、自分の立場は徹底して明確にさせるのがいいと信じているんだ。さあ、ごちそうのテーブルへ案内してくれよ。ぼくが腹ぺこだということはさておき、きみにとっても飲みすぎたアルコールをさますのには名案に違いないさ」

「いやだわ、ほんのちょっとご機嫌なだけなのに」

食堂ではハリエットが、立食テーブルで客をもてなしている。ハリエットはにっこりとジェームズに笑いかけた。「ミスター・ラムゼー、見つかりましたのね」

「ようやくね。背の高い若い男がホールの隅にエリナを隠して、一生懸命にくどき落とそうとしていたんですよ」

「さあ、手作りのウエリントン風ビーフをどうぞ。ほかになんでも、お好きなものを召し上がってくださいね。エリナにも勧めてくださいますわね。エリナ、しかめっ面をしてもだめよ。あなたっていつもみなさんのところを見てまわるばかりで、自分が食べることを忘れてしまうんだから。あら、リチャードだわ。すっかり赤くなって」

二人は勧められるままに幾品ものごちそうをめい

めいの皿に盛ったが、そうしながらもエリナは、どこへジェームズを連れていこうかと考えた。リチャードに相談した結果、エリナはジェームズの手を取り、食堂を出て、屋敷の裏手にあたるリチャードの書斎へ通した。

「こんなことをするなんて、とても非社交的ね」

「気になるのかい？」

「ちっとも」

「じゃあ、楽しもうよ。お姉さん特製のこのミートパイはおろか、ホールの生け花すら食べてしまいたいくらい腹がすいていたんだ。ロンドンで足止めを食って、昼食をとる暇もないまま、ベン・ハーみたいに高速道路を飛ばしてきたんだからね。固く心に誓った求愛者みたいに、途中、スナックにも寄らなかったんだよ」

エリナはナイフとフォークをおき、考え込むようにジェームズを見つめながらグラスを口に運んだ。

ジェームズはがむしゃらに食べるのをやめ、じっと自分に注がれた大きな黒い瞳を見返した。

「変な目で見ているじゃないか」

「ウエリントン風ビーフのことをミートパイだなんて言うのを聞いたら、姉がどんな顔をするかと思っていたのよ。それに正直言うとね、あきれるようなあなたの百八十度転換のことを考えていたの。先週は、いやみだらけで、無慈悲で、残酷な雇い主だったわ。それが今週になって……その……」

「熱烈な求愛者、恋人志願者、将来有望な友だちかい？」

「あなたの表現よ。わたしが言ったんじゃないわ。いくらあなたはそうおっしゃりたくても、わたしには極端から極端へ、そう簡単には切り替えられない気がするの。三週間というもの、あなたは威圧的で敵意を漂わせていたし、こっちはいやでいやでたまらないときもあったのよ」

ジェームズはリチャードの回転椅子の背にもたれながら、満足そうにため息をつき、からになった皿をわきへ押しやった。

「で、どうなんだい、エリナ？　ぼくがあげた候補の中で、気に入ったのがあるかい？」

「自信がないわ」

ついこのあいだまでの冷たい表情がとても思い起こせないような優しい青い瞳に見つめられて、エリナは視線を落とした。「お友だちっていうのはどうかしら？」

エリナは問いかけるように目を丸くした。ジェームズは机越しに身を乗り出し、エリナの両手を取った。

「初め、きみにはご亭主がいると思っていた。そのうえ、父をいいように操っているものとね。この二つの考えがぼくをちくちくと責め立てて、行き詰まるまで仕事に駆り立てたんだ。一時間仕事に縛りつければ、それだけ、きみを待っている結婚生活の幸せから遠ざけられると考えたからだ。まったく単純に、恐ろしいほど嫉妬《しっと》したあげく、すっかり自己嫌悪に陥ってしまった。おかげでちょっと、一緒に働きづらくなったことを認めるよ。嫉妬するなんていうことは、ぼくにしてみれば初めてなんだよ。すべてを許してくれるかい？」

真剣な顔でジェームズを見ていたエリナは、こっくりとうなずいた。

「ありがとう。さあこれで、なぜきみがそんなに若くして未亡人になったのか、聞かせてくれる気になったかい？」

「ニックはハネムーンで亡くなりました。幼なじみだったの。あちらが村一番のお屋敷だったことを除けば、文字どおり、隣の男の子だったわ。荘園みたいな領地でね、うちの牧師館の庭と領地の境に、隣り合わせの塀があったの。ニックは幼稚園へ通って、そのあと寄宿学校に入ってしまったけれど、休日には二人で、したい放題のことをして過ごしたわ。彼の家族はニックが村の男の子たちとつき合うことにひどく反対していたけれど、わたしは牧師の娘ということで、大目に見られていたんです。泳ぎも、魚取りも教わったわ。もっとも、たくさんは取れなかったけれどね。テニスも自転車乗りも、車の運転の手ほどきまでしてもらったわ。わたしが大学の入学試験に合格した年に彼は博士号を取って、資格をもらってすぐに、計理事務所に勤めることになったの。とても優秀な人でした。わたしの入学が決まった直後に父が急死してしまうと、ニックは、学問を続けることはない、すぐに結婚しよう、と言ってくれたの。ハリエットとわたしがいがみ合ったのは、あのときと、ほかには数えるほどしかないんだけれど、姉はわたしが大学へ進んで、まず学位を取るまで待ち、それでもまだ気持が変わっていなければ、ニックと結婚してほしいと願っていたの。みんなの気がすむようにしたいと思って、どちらにしようかととても悩んだけれど、ハリエットの願いにも逆らって、あちら側の猛反対も押しきって結婚したんです。その直後、ニックは亡くなりました。ハリエットとリチャードが何かとあとの事態を収拾してくれて、またわたしを引き取り、どうしても学校の籍を取り戻すようにと言ってくれたんです。あとはご存じのとおりよ」

ジェームズは席を立ち、エリナを自分のそばに引き寄せ、そっと優しく抱いた。

「思いがけないことに見舞われて、つらい思いをして育ったんだね」

ワインのせいでいくらか意識がもうろうとし、いまはもうはるか昔、ほかの娘の身に起きたことのような気がするささやかな悲話を語ることに、エリナは気持が疲れた。

「ねえ、ジェームズ、わたしはつかの間、とんぼみたいにすいすいと人生を上滑りして、威勢のいい無鉄砲な女の子だったわ。それが一夜にして、子供時代が終わってしまったの。ある日突然、ニックもいなければ父も家もないという、無情に作り変えられた新しい人生がはじまったの。なぜわたしがこんなにまで、ハリエットとリチャードに恩を感じているか、これでおわかりだと思うわ。一緒に暮らして学校へ通うようにと言ってくれたけれど、わたしがどうしてもと言い張って、共同でアパートに住む女友だちを見つけたんです。いまのアパートよ。ただ、いまは一人で使えますけれど……」

エリナは時計を見た。「ジェームズ、わたしの過去なんか、もういいわ。パーティーがどんどん進んでいてよ。いまごろハリエットは、みなさんをダンスにお誘いしているはずだわ。さもないとあのお医者さんたちがあちこちで、一晩じゅうでも仕事の話を続けることになってしまうんですもの」

エリナは小さくため息をつき、眠そうに目をしばたたいて、にっこりとジェームズにほほえみかけた。

ジェームズはひょいとかがんでエリナに口づけをして笑い返し、ホールへ通じるドアを開けた。

ジェームズは大勢の人々の真ん中へ、エリナを引っぱっていった。何事によらずそうであるように、ジェームズはエネルギッシュで、しかも優雅な踊り手だった。スローテンポのムードミュージックに変わると、ジェームズは片手をエリナのウエストにまわし、もう一方の手で、エリナの両手をしっかりと自分の胸に押し当てた。緊張のほぐれたしなやかな二つの体はぴったりと寄り添い、ゆるやかなリズムに合わせて、ほとんど動かない。ジェームズの唇が髪に触れるのを感じながら、エリナは相手の動きに身をゆだね、音楽にひたりきった。急に、騒々しい早いリズムの曲に変わると、エリナは夢見心地から、はっとわれにかえった。二人はダンスをする人々の群れから離れ、リチャードが飲み物で客をもてなしているバーへ来た。

「やあエリナ、ワインをもっと飲むかい？　いかがですか、ミスター・ラムゼー？」

ジェームズはハイボールを受け取ったが、エリナは首を横に振り、二人の男がイギリスのクリケット・チームのオーストラリア遠征の見通しについて話し合うのを、立ったまま満足げにじっと聞いていた。ふと、ジェームズが自分に話しかけているのに気がついた。

「エリナ、もうぼくは失礼したほうがいいと思うんだ。明日は、両親と昼食を一緒にすることになっているし、午前中にロンドンの報告をまとめる約束もしてあるから、ちょっと休んで、親父《おやじ》との話し合いに備えなくちゃ」

リチャードがハリエットを捜しにいってしまうと、エリナはうっとりとジェームズを見上げた。

「来てくださって、ありがとう」

「お礼を申し上げるのは、こちらのほうだよ。一つだけまずいことがあるけれどね。きみを送っていけない。そこのところが、夜一番のお楽しみと相場が決まっているのにさ」ジェームズはにやりと笑った。

「そうね。わたしも今夜はこれまでにしておくわ。明け方、姪に起こされるに決まっているし、この騒ぎも。まだ二時間ぐらいは続きそうですもの。こういう席には、めったに最後までいないのよ」

ハリエットが手を差し出しながら、リチャードと一緒に戻ってきた。

「ジェームズ、おいでいただいてうれしかったですわ。またいつでも、お出かけくださいね」

「お招きくださってありがとう。実はもしよろしかったら、明日の午後、エリナを迎えにきて、家まで送りたいんですが」

エリナは驚いてジェームズを見上げた。

「ジェームズ、ほんとにそんな必要はないわ」

「そうしたいんだよ」

ハリエットがにっこりと笑った。

「けっこうですわ、ジェームズ。明日はお帰りの前に、ご一緒にお茶を召し上がってください。今夜はあまりお話ができませんでしたから。さあ、お客さまのおもてなしに戻らなくては。リチャード、グラスが空いている方がいらっしゃると思うわ。ではまた明日。もうみなさんのところへ行きますので」

玄関で二人きりになると、ジェームズが言った。

「エリナ、車のところまで来なさい。ちょっとだけだ。すぐそこに止めてある」

二人はこっそりと屋敷を出た。空には三日月がかかり、すっかり冷えて静まり返っている。薄い絹のドレスを通して肌を刺すぴりっとした冷気に、エリナは身震いをした。ジェームズが脱いで肩にかけてくれた上着から体のぬくもりが伝わってきて、いまも抱かれているような気がする。庭を歩いていると、夜の美しさにうきうきとした気分が胸いっぱいにひろがる。きっと、ワインのせいだわ……。

「明日、迎えにきたら迷惑かい？」

「いいえ、とってもうれしいわ。ご親切にありがとう」

ジェームズはポルシェのボンネットに寄りかかった。「ぼくの道徳観念を、あんまり当てにするなよ……ぼく流にやるつもりだからね」

「上着なしじゃ、寒いでしょう」話題を変えようと、エリナはつぶやいた。

「だったら、暖めてくれ」

ジェームズは上着の下へ手を滑らせ、まだ踊っているかのようにエリナを抱き寄せて車にもたれ、いやおうなしに自分に寄りかからせようとした。かがみ込んできたジェームズに、初めはそっと、やがて長く深い口づけをいくつもされると、エリナの息遣いは速まり、ついにジェームズの腕の中でとろけそうになりながらも、ぴったりと体を押し当てて背中や腰をさまよう相手の手を、せがむように求めていった。執拗《しつよう》に愛撫《あいぶ》を繰り返す唇にエリナの唇もおのずと開き、いつしか喜びにわれを忘れた。

ようやく唇を離したジェームズは、どちらの心臓が激しく打っているのかもわからなくなるほど、エリナの体を固く抱き締めた。

「ちょっとだけ、車に乗ろうよ」

「いやよ」

「なぜ?」

「いますぐには言いわけが思いつかないけれど、理由はたくさんあるはずだから」エリナは震えるように、小さく笑った。

「ジェームズ……先週はあんなにあなたがいやでたまらなかったのに、急にこんな気持になるなんて、理屈に合わないと思うの」

「理屈なんかくそくらえさ」ぶっきらぼうな乱れた口調で言うと、ジェームズはエリナをしゃんと立たせた。「現在の進展度からいくと、来週のきみはどんな心境になることやら! 凍りつかないうちに、もうお入り。上着は預かっておいてくれ。明日もらうよ。すぐにおやすみ。うちへ入って、きみにほれた医者の卵なんかに声をかけるんじゃないよ」

「考えておくわ、おやすみなさい」

ジェームズは軽く手を上げて車を出した。エリナは急いで屋敷に戻り、ハリエットを捜しておやすみを言うと、ベッドにもぐり込んでまたたく間に寝入ってしまった。

5

ベッドに降り注ぐ明るい日差しに目を覚ますと、足元のほうでエドワードが、おっかなびっくり湯気の立つマグカップを持って立っている。

「ママがね、起こしちゃいけないけど、もしおばちゃんが目を覚ましてたらこれをあげなさいって」

「まあ、ありがとう、エドワード。起こしてくれたのね。でも、もう朝ごはんの時間なら、起こしてもらってよかったわ」

少年はにんまりと、生意気な笑いを浮かべた。

「ちょっぴり遅いや、エルおばちゃん。だってもう十一時過ぎで、朝ごはんどころじゃないんだから」

エリナははじけるようにベッドから飛び下りると、

時計を見てあっと声をあげた。パーティーを引き揚げる客のことも、早起きの子供たちのこともすっかりおかまいなしに、ぐっすり眠り込んでしまったのだ。時間をかけずに急いでシャワーを浴び、服を着た。身のまわりのものはこの家においてあるので、昔の色あせたジーンズに、引き出しのいちばん下にあった青と緑のしま模様の古ぼけたラグビーシャツを着た。

ばつが悪そうに台所へ入っていくと、ハリエットはテーブルの上でヨークシャープディングをこねている。

「ハリエット、ごめんなさい！　寝坊したことなんてないのに……どうしちゃったのかしら、十時間もぐっすり眠るだなんて」

「気にしないでいいのよ。体が要求していたからよ。何か食べる？」

「じきにお昼ね。けっこうよ。みんなはどこ？」

「リチャードが男の子たちをトルマーストン・ウッズへ散歩に連れていったし、ヴィクトリアはサンルームで囲いの中に入っているわ」

「ゆうべはみなさん、何時にお帰りだったの？」

「二時ごろだったと思うわ。なかなか上出来のパーティーだったようよ」ハリエットはちらりと、冷やかすような目を向けた。「あなたも、ずいぶんお楽しみだったと思いますけれど？　さあ、聞かせてよ。ジェームズの期待にかなった？　彼、うちに来てから片時もあなたを放さなかったし、どう見たって、みなさんのあいだをまわって歩く気すらなかったみたいじゃないの」

エリナはテーブルに頬づえをつき、台所の窓の外を眺めた。

「すてきな晩だったわ。食事をしながら、ニックのことを全部話したの。あの人を、どう思う？」

ハリエットはボウルをわきによけ、コーヒーの入ったマグカップを手に、腰を下ろした。

「一言で言って、いかしてるわ！　気の毒なアルシアったら、失望のあまりいまにも倒れそうだったのよ。彼女、ほとんどジェームズと同時に着いたものだから、紹介せざるを得なかったの。ジェームズは賢いわよ。簡単な社交辞令を交わすとね、心ここにあらずっていう様子で、差し迫った用件があるから失礼しなくちゃってほのめかしたの。差し迫った用件っていうのが、クリス・テイトからあなたを引き離すことだってわかったとき、彼女、目の玉が飛び出しそうだったわ。でもまじめな話、ジェームズは一流の紳士ね。うまくやっていく自信はあるの？」

「うまくって何を？　お姉さんにとやかく説明されなくても大丈夫よ。ちゃんとやっていけるわ、ありがとう」エリナは立って伸びをした。「とにかくここ何年か、ゆうべほど熟睡したことはないわ。おかげで、やたらとじゃがいもの皮をむきたくなっちゃった。ナイフを貸してちょうだい」

「ありがたいお申し出は断らないことにしているの。エリナ、いったいどこからそんなシャツを引っぱり出してきたの？　教会のがらくた市に出すつもりだったのに」

「部屋のたんすの中にあったわ。あのもこもこした黄色のセーターしか持ってこなかったし、これなら、お昼のあとで坊やたちが何をして遊びたいと言ってもできると思ったの。いずれにしてもジェームズはお茶の時間までは来ないから、それまでにはもう少しましな格好をするわ」

やがてリチャードと子供たちが散歩から帰ると全員で食卓を囲み、野菜を添えたたっぷりのローストビーフや、パーティーの残り物をすっかり平らげた。ハリエットは、食後の片づけをしようというエリナの申し出を断った。

「けっこうよ。子供たちと遊んでやってくれるなら、いまのうちになさいな。消化不良を起こすかもしれないけれど、なるべく早く、もっとちゃんとした格好をしてほしいのよ。そのシャツときたらぴちぴちなんですもの！」

エドワードは通いはじめたばかりの学校で、ラグビーを習っている最中だ。やたらに笛を吹き鳴らしてはオフサイドを連発し、ラインアウト、リバースパスを大得意になってぺらぺらと教えてくれた。ついにゲームは全員でスクラムを組むに至り、しまいには息絶え絶えの四人の参加者が、芝生の上で収拾のつかないもつれ合いをすることとなった。

「助けて、おばちゃんはくたくたよ。チーム編成を考える前に、猛練習をしなくちゃ！」

甥《おい》たちとは違う大きな硬い手にぐいっと手をつかまれ、エリナは驚いた。素早くエリナを立たせ、笑顔で立っているジェームズを見て、男の子たちはたちまち照れておとなしくなった。品定めでもするように、頭のてっぺんからつま先まで青い瞳に見つめられ、エリナも子供たちに負けず劣らず気恥ずかしく感じた。

「きみにはフォワードは無理だよ」深い声は、おかしくてたまらないというようだ。「ウイングをやってみたらいいんじゃないかな」

「こんにちは、ジェームズ、早かったのね。ハリエットにしかられちゃうわ。あなたが見えるまでに服を着替えて、きちんとしているはずだったの。坊やたち、ミスター・ラムゼーと握手をなさい。ジェームズ、こちら年の順に、エドワードにチャールズにディビッドよ」

「ねえ、きみたち、おばちゃんが着替えるあいだ、ぼくが代わりに相手をしてあげようか？　学校時代は、優秀なスリークォーター・ウイングってことになっていたんだ。少しぐらいなら、コーチできるかもしれないぞ」

この申し出に男の子たちは大喜びしたが、エリナはためらうようにジェームズの服を見た。ゆうべのアイボリーのコーデュロイのズボン、白いシャツの上にVネックの黒いセーターを着ている。

「汚れやしない？」

「かまわないさ。洗濯のきくものばかりだから。男どもが楽しんでいるうちに行きたまえ」ジェームズはエリナのおしりをぽんとたたき、きまり悪がっているエリナに悪びれもせずにっこりと笑いかけてから、じきに、複雑な正しいスクラムの組み方の手ほどきに夢中になった。

家に入ると、台所から出てきたハリエットに出くわした。

「ジェームズが来ちゃったの。着替えなくちゃ」

「その格好を見られたの？　どこにお通しした？」

「どこにも。芝生をごろごろころげまわって、坊やたちにラグビーを教えているわ。ハリエット、スカーフを借りてもいい?」

「たんすの中にあるものはなんでもどうぞ。早いところリチャードを捜して、わんぱく坊主どもからジェームズを解放してあげなくちゃ」

身なりを整えて階下《した》へ駆け下りると、スポーツマンは全員うちへ引き揚げ、居間でくつろいでいた。リチャードとジェームズが缶ビールを片手に論じ合うイギリス流とウェールズ流の競技スタイルの長所についての話に、男の子たちはそれぞれ自分なりの理解力に応じて耳を傾け、ヴィクトリアを膝にのせたハリエットは、なんとか内容をのみこもうと懸命になっている。

エリナが入っていくとジェームズはみんなから離れ、ソファに並んで腰かけた。話題が大人じみておもしろくなくなると、男の子たちはすぐにまたラグビーをしに庭へ飛び出していった。残った四人はなごやかに話していたが、やがてハリエットはまどろんでいたヴィクトリアが目を覚ますとリチャードにあずけ、エリナと一緒にティーワゴンを取りにいった。

ビーフサンドイッチやこってりとしたフルーツケーキを存分に食べてから、ジェームズとエリナは別れの挨拶《あいさつ》をして早々にポルシェに乗り、暗くなった田園地帯をひたすら町へと車を走らせた。

「お姉さんの家族がかもし出す幸福な雰囲気には、心を打たれるね。どんなにこちこちのひねくれ者の心も、変えてしまうよ」

「ほんとに幸せな人たちなの。二人がそれぞれの使命に、心底満足しているからだと思うわ。ハリエットが妻として母親としての仕事を、リチャードの医者の勤めと同じように大切に考えているのが、きっとおわかりになったと思うわ」

「お姉さんが自分の仕事を心ゆくまで楽しんでいるのは明らかだけれど、ほんの少しつき合っただけでも、強烈に伝わってくる何かがあるんだよ……あの人たちの結婚の、根本的な要素じゃないかと思うんだ」

「そうかしら？」

「結婚して何年もたち、子供が四人もいるのに、リチャードははた目にも奥さんを深く愛しているし、ハリエットもそうだと思うよ。それが温かい雰囲気を作り出すんだ」

「そのとおりだと思うわ。それも当然のような気がするの。だってあの二人は、初めて会ったときからああだったんですもの。でも、すべての結婚が同じようにうまくいくと考えるほど、わたしはおめでたくないのよ」

「昔、このぼくは愚かにも、それがあり得ると信じたんだ。とんでもないことだよ。もちろん聞いているだろうけれどね」

「婚約なさって、相手の方がほかの人と結婚なさったとうかがいましたわ」

「きみに教えてくれた人は、エリカが式のちょうど一週間前、こともなげに、すべて帳消しだとぼくに言ったところを抜かしたね。数段上の相手をひっかけたのさ」

「それは知りませんでした。ひどい目にお遭いになったのね」

「いまになって振り返ってみると、運よく助かったと思うよ。あのころはずっと若かったからね。あれからぼくも、大人になっていることを願うよ。でもふとしたことでこの前エリカに会ったら、ブロンドの巻き毛も、けらけら笑うところも、まるで変わっていなかったな」

エリナは黙ったまま、若くてまだうぶなジェームズが、ブロンドの恋人に逃げられてしょげている姿を思い浮かべようとした。中身は薄っぺらな人形のような娘を心に描いて思わずほほえむと、ジェームズが眉を上げてちらりとこちらを見た。

「何をくすくす笑っているんだい、エリナ？」

「いくらのぼせたからって、あなたが女の人にすっかり振りまわされるだなんて。そもそもあなたって、女性をあまり高く買わない感じがするわ」

「はかり知れないほど慰められるよ」車はミル・クレッセント通りに入った。「女性はいろいろな面で、非常に多くのものを与えてくれる。でも、永遠に一人の女性に縛られることを思うと、ぞっとするね」

「ぶしつけだけれど、正直だこと」車が歩道に横づけになると、エリナは荷物をかき寄せた。

ジェームズはその腕をつかんだ。

「あわてて降りるなよ、エリナ。一緒に食事をしてほしかったんだ。ブラジル契約のことで、いろいろと話したいことがあるんでね」

「日曜日の晩に？　明日の朝まで待てないの？」

「ああ」

「そう、でも正直言って、ハリエットのところでローストビーフのお昼だったし、おまけにお茶のときにいろいろいただいてしまったから、今日はもう何も入らないわ。でも、妥協案ならあってよ」

「どうしようっていうんだい？」

ちょっとためらったが、エリナは警戒心を吹き飛ばした。

「もしよろしかったら、わたしの部屋にいらしてもかまわないわ……何か飲み物を探して、それからオムレツとサラダぐらい作ってさしあげられるわ。いかが？」

「願ってもないね！」

身を乗り出しながら、ジェームズはきらきらと目を輝かした。「家主さんは、男友だちを入れさせてくれるのかい？」

「どうかしら？　こんなことはいままでになかったんですもの」

ジェームズはエリナの手を取り、わびるように口づけをした。

「ごめん。ぼくと違って、神さまの教えに従っている人だってことを忘れていたよ。がまんしてくれるかい?」

「いままで三週間もがまんし続けてきたんですもの。いまさら改めるまでもございません」

ジェームズはスーツケースとダンボール箱を持って、あとからついてくる。玄関まで来たとき、エリナは家の中が暗いことに気づいた。

「きっと、ミセス・ジェンキンズは教会だわ」

部屋に上がるとジェームズは、きちんと片づいた居間を感心したように見まわした。家主が敷いたくすんだ金色の絨毯《じゅうたん》とつり合うように、椅子やソファには茶色の目のあらいリネンのカバーがかかり、白地に黄色い大きなひまわりを染め抜いた綿のカーテンが下がっている。壁の片面には本やレコードがぎっしり並び、隅につつましやかにプレイヤーが据えてある。

「ここがきみの隠れ家っていうわけか」ジェームズはうろうろと、本の題を見て歩いた。「室内装飾は自分でやったのかい?」

「初めからではないけれど、いまは家主さんとも心が通うようになりましたからね。装飾は彼女が面倒を見て、絨毯と家具を貸してくださるので、こっちはカーテンだのカバーだの、ほかのがらくたは自分の好きにできるの。夏になると、夕方庭の手入れを手伝ってさしあげたり、まだ日が高ければ、働いたあとでしばらく外で過ごすのよ」

「日光浴が好きかい?」

「ええ、好きよ。それに都合がいいことに、すぐに日焼けするたちなの。ジェームズ、楽になさってて。ちょっと階下へ行って、ミセス・ジェンキンズのところにミルクがあるかどうか見てこなくちゃ」

急いで階段を下りると、階下は真っ暗だ。電気をつけて台所へ行き、冷蔵庫からミルクを一本出した。冷蔵庫を閉めようとして、ドアにメモがはりつけてあるのに気がついた。

〈エリナへ　月曜日まで妹のところへ行きます。なんでも要るものはお使いなさい〉

階段を駆け上がると、ジェームズはレコードのジャケットに目を通していた。振り返って笑うジェームズは、その背の高さと完璧《かんぺき》なまでの男らしさで、狭い居間を威圧するようだ。

「全部きちんとアルファベット順になっている。きみがきちんとした模範生であるようにね。何かかけていいかい？」

「どうぞご自由に」

ミルクと、別れ際にハリエットが押しつけたダンボール箱を持って台所へ行った。箱の中にはプラスチック容器に入れたサラダ、堅焼きパン、スティルトンチーズなどのごちそうのほかに、白ワインも入っている。

「ジェームズ、ウイスキーがあるのよ。よろしかったらジンジャーエールで割ったら？　ブランデーもあるわ。でも、あとでコーヒーと一緒のほうがいいかもしれないわね。リチャードがね、ブランデーは薬扱いしろって言うの」

ジェームズはバーバラ・ストライザンドの歌声が流れる居間から台所へ入ってきた。

「ウイスキーの水割りがいいな……じっくり飲みたい。それ、なんだい？」

「リチャードがね、親切にも白ワインをくれたの。ゆうべパーティーで出たのと同じものよ。グラスやお料理を運びますから、これ、開けていただける？」

二人は飲み物を手に居間へ戻り、エリナは暖炉のガスストーブをつけた。背中を椅子にもたれてストーブの前の敷物の上にくつろいで座り、ジェームズにはソファを勧めた。

「そんなに差し迫ったお話って、なあに？」

「二週間ぐらいのうちに、ブラジルへ行く予定なんだ。うまく成功させたいと思っているホテル建設の仕事があってね、その会社はフランス人とブラジル人がやっているんだよ。すでにコパカバナに一つホテルを持っていて、今度、それより少し離れた海岸沿いのラゴア・アズールに、もう一つ建てたいって言ってきたんだ。二、三日向こうへ出向いて、フランス人の責任者のジャンポール・ジェラール、それにブラジル側からのホセ・カルバリオとエリオ・ソウザ・リーマと話し合うことになっている。一緒に来てもらいたいんだ。親父《おやじ》も、きみはポルトガル語がぺらぺらだって保証しているし……もちろんだとも！……それにホセ・カルバリオも、そのほうがありがたがるからね。彼の英語は、ちょっと変なんだ。当然、取り引き上のニュアンスは逐一、完全に明確にされなければならない。というわけで、きみに加わってもらいたいんだ。同席して話し合いをすべて記録し、ついでに接待のほうもつき合ってほしい」

エリナが黙りこくったまま目を丸くして見上げているので、ジェームズは体を乗り出した。

「さあ、エリナ、どう思う？」

「うれしいわ、ジェームズ、二つ返事よ！　ポルトガルには行ったことがあるし、あちらで言葉に不自由はしなかったわ。でも、ブラジルへ行かれるだなんて、夢にも思わなかったんですもの」

じっとしてはいられなくなって立ち上がった。

「いつ行くの？」

生き生きとしたエリナの顔に笑いかけながら、ジェームズも立った。

「来週の火曜日だ。パスポートは大丈夫だろう？」

エリナはうれしそうにうなずいた。

「よかった。ことの成り行きしだいだが、四、五日滞在することにしよう。ジャンポールとは面識があってね、奥さんのクリスチアーヌと二人で住んでいるアパートが、イパネマにあるんだよ」

エリナはうっとりとため息をついた。

「イパネマって、ほんとにあったの？　歌の中だけかと思っていたわ。いまごろは暑いかしら？　どんな服があればいいのかしら？」

「ぼくらの常識でいくと、十一月はちょうど暑い盛りに入るところだ。日中は木綿の服、夜用にゆうべみたいな華やかなドレス、それにもちろん、ビキニもいるよ。コパカバナのオール・プレート・ホテルに泊まろう。フランス人の持ち物でね、実はジャンポールの親類なんだけれど、水着のままホテルを出て、アトランティカ通り《アヴェニーダ》を横切れば海岸だ」

エリナは期待に目を輝かしていたが、ふと、ジェームズをもてなしていたことを思い出した。

「ジェームズ、台所へ来てくださらない？　何か食べ物を探すあいだに話を聞かせてちょうだい」

ジェームズは言われたとおりあとについてきて、エリナのグラスにワインをつぎ足した。

「手伝おうか？」

「けっこうよ。あなたみたいな体格の方には、少し窮屈ですもの。心ばかりの高級料理をお作りしますから、そのあいだにお話ししてよ。えびはお好き？」

「ウイ、マダム。ところで、家主さんは男と食事をすることについて、なんて言ったんだい？」

「べつに」

えびの缶詰を開けることに夢中で、エリナは手元を見下ろしている。「週末に妹さんのところへ出かけたんですって。冷蔵庫にメモがはってあったわ」

短い沈黙が漂い、エリナが顔を上げると、ジェームズが口の端を少しほころばしてじっと見つめてい

「もちろん。たったいま、居心地がよくて家庭的で、すてきな部屋だなって思っていたところさ」

エリナが慎重に、バターがじゅうじゅうと音を立てて溶けている小さなオムレツ用フライパンの中へ、といた卵を入れて形を整える様子を、ジェームズはいかにも満足そうに、じっと眺めている。できあがったオムレツを温めておいた皿に移し、フライパンにバターを足して残りの卵を入れる。すぐにもう一つのオムレツができあがり、えびのあえ物も並んだ。

「きみは実に、多芸多才なレディだね」ジェームズは口いっぱいにほおばって言った。「完璧なる秘書、名コック、いいおばちゃん、そのうえ装飾の才能まである。何か苦手なこともあるんじゃないかな？」

エリナは少し顔をしかめ、考え深げにパンにバターを塗った。

「新しい友だちを作ることがへたなの。気さくにおつき合いができないたちだからじゃないかしら」

る。

「それがわかってても、ぼくを部屋に入れた？」

エリナはしばらく考えた。

「十中八九、ノーよ。でも、現にもう入っているんですもの、このままいらしたほうがいいわ。ましてや、ブラジル行きのすてきな話を持ちかけてくださったことだし……」エリナは口ごもり、顔を赤らめた。

「ねえ、きみ、二、三日仕事がてらの休暇でたとえブラジルへ行こうと申し出たからって、きみのベッドに入る恩恵にあずかれるとは考えちゃいないよ、そうだろう？」

「わたしがベッドに入っていなくたって、お断りよ」

手際よく料理を続けながら、ぴしゃりと言う。

「卵をほぐすあいだに、テーブルの支度をしてくださいな。ここでもかまわないでしょう？」

親しみのこもったジェームズの笑顔に、エリナはきまりが悪くなった。

「きみに、気さくなつき合いを求めちゃいないよ」

「当たり前よ」さっと立ち、ジェームズの食器をさげる。「あなたは雇い主ですもの、まるで立場が違うわ。スティルトンチーズはいかが？」

「ああ、どうも。ビスケットはいらないよ、もっとパンをもらうから。オムレツがとてもおいしかったよ。たいした腕だ」

エリナはチーズを切る台を持ってこようとして席を立った。

「コーヒーを召し上がる、それとも食事のあとにしましょうか？」

「ぼくが食器を洗い終えてからだ。いや、ぼくがする。きみの言うとおり、あっちの部屋でブランデーと一緒にもらうよ」

ジェームズはエリナがなんと言って反対しても聞き入れず、あっという間にきれいに台所を片づけてしまった。二人はソファに並んでかけ、ブランデーとコーヒーを前に、ブラジル行きの詳しい話に花を咲かせた。

「留守にするあいだ、だれがわたしの雑用を代わってしてくれるのかしら？」

「フランシス・マーシャルさ。場合によっては、パートを使ってね。その必要ありと判断した件はすべて、きみが帰るまで保留してもらう。一週間以上留守にすることはないだろう」

ジェームズはエリナには少し、自分のグラスにはもっとたくさんのブランデーをつぎ足すと、グラスに口をつけながら寄り添い、エリナの体に腕をまわした。

とたんにエリナがぴんと体をこわばらせると、ジェームズはあからさまにそれをおかしがった。やがてエリナの緊張がほぐれてくると、ジェームズは二つのグラスをテーブルに戻し、エリナを強く抱き締めた。

「いい子だ」

甘くすぐるような深い声には、不穏な響きがある。

「そうなろうと思っているの」エリナは低くつぶやいた。

「ダーリン、ぼくのことでどんな話を吹き込まれたのかは知らないけれど、まるで、ぼくがレイプや誘惑の常習犯だとでもいうみたいに、びくびくして避けているじゃないか！」

エリナは思わずくすくすと笑った。

「まさか、レイプの常習犯だなんて！」顔を上げ、じっとのぞき込んでくる、わずかにかげりを帯びたジェームズの瞳を見た。

「いま、ぼくはきみを誘惑していることになるかもしれない、でも、レイプにはならない、違うかい、エリナ？　さあ、かわいい模範生、真実を見つめるんだ。初めてきみを見たときから、ぼくたちのあいだにはまぎれもなく駆り立てられる何かがあった。それを否定しようっていうのかい？」

エリナはじっと見つめられたまま首を横に振り、頭を下げてきたジェームズに、そっとしっかり唇を重ねられて目を閉じた。後ろで束ねた髪がほどかれるのをおぼろげに感じる。黒くきらめく滝のようにばっさりと肩に降りかかった髪を指ですきながら、ジェームズは強く唇を押し当ててくる。膝にかかえ上げられ、すっぽり抱き締められても、エリナは逆らわなかった。低い反抗のうめきももとのもせずに、ジェームズはエリナのセーターの中へ手を滑らせ、ほてった肌に触れた。執拗《しつよう》に求めてくる唇にエリナの口もおのずと開き、手で胸をまさぐられると、ジェームズの鼓動に合わせて心臓が高鳴る。喜びと恐れが交錯する中で、エリナはあえいだ。

ジェームズの手と唇がもたらす快楽と恐怖にわれを忘れたエリナは、体がだんだんと、低く低く倒れていくことも意識になく、長身のジェームズがほとんど自分の上にのしかからんばかりになって、ようやくはっとそれに気づいた。あわてて唇を離し、ジェームズを押しのけ、上気した頰を乱れた髪の毛で隠そうとしながら、起き上がろうとしてがむしゃらにもがいた。

ジェームズはエリナのセーターをぐいと下ろし、腕をまわして抱き締めた。

「すまなかった、ごめんよ。頼むから震えないでくれ！　ぼくに抱かれるのがそんなにいやなのかい、エリナ？　どうしてもたまらなくいやなら、はっきりそう言ってくれ」

「そんなことじゃないのよ」少し体を離し、かすれた激しい口調で言いながら、いたずらに髪をなでつけた。

「ほんとに、まるでその反対なの。ジェームズ、わたし、怖い」

「なんだって……ぼくがかい？」

「ち、違うの、自分が怖いの！　いまみたいな……情熱の嵐が恐ろしいの。体が勝手に動いてしまって、自分ではどうにもならないんですもの。ジェームズ、ごめんなさい。わからずやだなんて思わないでね。もうお帰りになってくださいってお願いしたら、気を悪くなさる？　冷たいとか、つれないとか思わないでね。少しずつこういうことに慣れていけばいいだけのことだと思うの。わたしのことを、手のつけられないばかだと思うでしょうね」

ジェームズはエリナをかかえたまま立ち、抱き寄せた。

「このうえなくすばらしい感情だよ、エリナ。でも、永遠にその気持と闘い続けることはできないんだ。きみの象牙《ぞうげ》の塔のような世界と違って、外側では、いろんなことが起きているんだからね。もう下界のぼくらと、また一緒になってもいいころだと思うよ」

「リチャードみたいな意地悪だこと！」

悔しそうに言い、そっとジェームズを押しやった。

「義兄《あに》はね、ときどきわたしが〝近寄り難いお姫様〟みたいだなんて言うの。そんなロマンチックなことを言うタイプじゃないと思わない？」

「でもぴったりだ。リチャードの言わんとするところはわかるよ。もうベッドにいらっしゃるお時間ですよ、お姫さま。怪しまれないうちに断っておくけれど、ベッドはきみの一人占めさ。じゃあ、明日の朝。食事をごちそうさま。エリナ？」

「なあに？」

「一つだけ、おやすみのキスだ」

エリナは言われるままに顔を上げた。

「違う、きみからしてほしいんだよ」

ジェームズの瞳の魔力に促されるように、エリナはためらわずに背伸びをし、ジェームズの首に腕をまわしておずおずと口づけをした。

遠慮がちに押し当てられる唇を受けて、ジェームズは一瞬じっとしていたが、急に強くエリナを抱き締め、激しい口づけをした。

玄関のドアが閉まり、車が走り去る音が聞こえても、まだエリナは息を切らしているほどだった。

恍惚《こうこつ》にも似た状態でふらふらと台所へ戻り、機械的に紅茶をいれた。カップを持って居間へ行き、ソファにかけて、ガスストーブの人工的な炎がちらちらと揺らめくのをぼんやり眺めた。

しだいに陶酔のほとぼりが冷めると、今度はわき上がる霧のように心の中で不安が渦巻き、いつもの冷静さを取り戻そうと、エリナは熱い紅茶を勢いよく飲んだ。

さっきのことがなんであったとしても、いままでとまったく同じ自分でいられるかどうかわからなくなってきたわ……。いら立ちを抑えきれず、風呂に入ることにした。温かいバスタブにつかっていると、ようやく心が落ち着いてきたので、体をふき、鏡台に向かって長い髪をとかしはじめた。

鏡の中からこちらを見返している顔は、まるで他人のようだ。つねづね心がけて身につけた控えめな表情はすっかり消え去り、代わりに、見慣れないきらきら光る黒い瞳で顔が生き生きと輝いている。さなぎからかえったばかりの蝶《ちょう》みたい……それとも殻を脱いだかたつむり？　いずれにしても、極度に高ぶった心はあまりにもろい。さっきの疑惑がどっとよみがえった。

ブラジル行きを誘われ、最初に大喜びしたとき、相手が何を期待するだろうかということをうかつにも考えなかった。

おそらくジェームズは、こちらが日ごろの秘書としての役割以上のものを承諾したものと取ったに違いない。

もしかすると、わたしだったら断固として拒否するような、職務以外の行為も喜んで引き受けるような秘書に慣れていたのかもしれない……もしや……でも、実際に要求されるまで待つほうが賢明だわ……疑い深いおばかさん！　頭にかぶりかけたパジャマをもどかしそうに力いっぱい引っぱった。

あの人が求めているのは、少々珍しい特技として、たまたまポルトガル語ができるという有能な秘書だわ。だから、ヴィクトリア朝のメロドラマのヒロイン気分になるのはおやめなさい。

こんなチャンスはもう二度とないんですからね。

そう自分に言い聞かせて気が楽になったエリナは、火元を確かめ、明かりを消してベッドにもぐり込んだが、体はくつろぐことを拒み、頭には疑惑と憶測がしつこくこびりついて離れない。突然、ベッドわきの電話のベルが静寂を破った。飛び上がってサイドテーブルのスタンドをつけ、恐る恐る受話器を取った。

「ぼくだよ」

ジェームズの声にほっとする。

「ご親切だこと、びっくりしたわ。十一時過ぎよ」

「ああ、でもブラジル行きのことで、きみが不信を抱いていたのが気がかりでたまらないんだ」

「ええ、実はそうだったの。なぜわかったの？」

「それぐらいお見通しさ！　まず最初に、付帯条件はいっさいないと、はっきりさせておくべきだったよ」

「ど、どういうこと？」

「わかっているはずだ。ずばり言おう。きみに要求したいのは、日常の秘書としての任務プラス語学的援助、それに毎晩の接待に同伴してもらうという、少なからざるお楽しみだ。それ以外は何もなし。ブラジルで言う〝皆無《ナーダ》〟さ。これでよくわかってもらえたかい？　それとも、証文にでもしてほしいかな？」

エリナはベッドの中でうっとりと天井に笑いかけ、思いきり伸びをした。

「うかがってとても安心したわ。ありがとう。正直言って、ほんとはものすごくおじけづいていたの」

「だろうと思ったのさ。さあ、安心して眠りなさい。なぜか、帰り際におやすみを言い忘れてね。いい夢を見るんだよ」

「おやすみなさい、ジェームズ。今日は送ってくださって、ありがとう」

「ぼくだけが楽しかったって言ったら、嘘《うそ》になると信じたいよ、エリナ、チャオ」

受話器をおき、幸せそうに暗闇《くらやみ》に目を凝らしながら身も心も軽くなったのを覚え、エリナはばら色の雲に包まれて快い眠りに落ちていった。

6

十日後、エリナは期待に張り詰めた心で、大西洋横断ジェット機のシートにかけていた。ジェームズは隣でぐっすり眠っている。

これまでの数日間、仕事に次ぐ仕事や気も狂わんばかりの買い物に目まぐるしく追われ、そのうえフランシスのために万事できる限りの段取りを整えておこうと、並々ならぬ努力を払ってきた。ブラジル行きを聞いたときのハリエットの顔をおかしく思い出しながら、ゆったりとシートにもたれた。興奮したハリエットの悲鳴にリチャードはその二倍も驚き、二人はやつぎばやにエリナを質問攻めにした。週末はハリエットと旅行用の品々を買いまくり、ジェームズとレストランで食事をし、旅行寸前ジェームズがロンドンへ出張しているあいだ、オフィスの大掃除もやってのけた。

ジェームズがあくびをしながら伸びをした。

「うたた寝もできなかったのかい、エリナ？　降りてから時差ぼけに悩まされるよ」

「眠れなかったの。緊張しすぎてしまって……なんだか子供みたいね」

「むしろ気分をすっきりさせたほうがいいな。ほら、客室乗務員が来たよ。コーヒーにするかい、それとも何か？」

「コーヒーをいただきます。興奮して、もうすっかり酔い心地なんですもの！」

やがて着陸を知らせるランプが点滅し、二人はシートベルトを締めた。エリナは胃が締めつけられるような気がしたがにっこりとジェームズに笑いかけ、旋回しながら降下しはじめた機体の窓から外をのぞいた。

「ジェームズ、ついてるわ。霧もないし、抜けるような青空よ。お日さままで、海がきらきら光っているわ」

「コルコバドはもう見えているかい？」

「あれ、何かしら？　ほら、見てちょうだい、入江に小さな島がたくさんあるわ。まるで海に宝石を散らしたみたい……ジェームズ、彫像が立っているあの山がコルコバド？」

ジェームズは身を乗り出し、エリナの指さすほうを見た。

全市に祝福を与えるかのように、両手をひろげたキリストの像を頂上にいただいたコルコバドの高峰が、朝日に輝いている。

「信じられないくらいきれい！　連れてきていただいて、なんとお礼を言ったらいいのかしら」

別れ際、チャーミングなスチュワーデスが愛想よくジェームズにほほえみかけて、二人を空港ターミナルに送り出した。猛烈な熱気に包まれ、エリナにはアイボリーの綿のニットドレスが、鎖かたびらのように感じられる。薄手とはいえスーツ姿のジェームズを、気の毒そうに見る。きっと、もっと暑いでしょうに……。

「ものすごい暑さね。それに、これ、なんのにおいかしら？　香水と葉巻の煙がまじったみたい……」

「それに、ほんのりガーリックもね。葉巻だけじゃなくて、ここでは紙巻きのたばこもこういうにおいがするのさ。そしてこの国では、ほとんどの男性がオーデコロンをつけるからね。それでこんな空気になるんだよ」

意外にも少しも手間取らずに税関を通され、荷物持ちのポーターを後ろに従えて出口に向かった。実に多種多彩な人々をつぶさに見ようと、エリナは熱心に周囲に目を配った。華やかで上品な身なりをしてた金持のレディ、黒い服を着てどことなく見劣りのするみすぼらしい女性、白いスーツ姿の団体、派手ないでたちの旅行者たちはたくさんカメラをぶらさげているので、一見してそれとわかる。どこへ行っても出会う修道女がいるかと思えば、それとは対照的に、驚くほど大勢の華やかな若い娘たちもいる。

「ジェームズ、あの娘さんたち、目の保養になるわよ。だれもかれも、ミス・ワールドみたい!」

「残念ながら、あの年ごろのうちだけさ。結婚したが最後、次々に子供を産んでどんどん太るんだよ。ほら、やっとジャンポールが来た。例によって遅刻だ」

スマートな色黒の男が満面に笑みをたたえながら、人ごみをかき分けて近づいてくる。男はジェームズに抱きついたものの、大げさな畏敬《いけい》をたたえた黒い瞳は、うっとりとしたようにエリナに向いたままだ。

「ようこそ、ジェームズ」ハスキーで魅力的な声だ。「お元気そうで。こちらのレディが秘書だとおっしゃるんですか? いったいどんな幸運のめぐり合わせで、こんな方に出会われたことやら?」

「親父《おやじ》から譲られたのさ。エリナ、こちら、ジャンポール・ジェラール。ジャンポール、こちら、エリナ・ハントだ」

「お目にかかれて光栄です、マドモワゼル」粋《いき》なフランス人は好意に目を輝かしながらエリナの手を取り、口づけをした。

「はじめまして、ムッシュ・ジェラール」エリナはうろたえこそしなかったが、相手ににっこり笑いながらほんのりと頬を染めた。

「いまは」ジェームズはわざとらしく、ちらりと横目でエリナを見た。「たいしたことじゃないがね、ミセス・ハントだ」

ジャンポールは、大げさに肩をすくめた。

「そうでしょうとも……イギリスの男性の目がすべ

ジャンポールは申しわけなさそうに先を急ぎ、ターミナルの真正面に違法駐車をしている白のシトロエンに二人を乗せ、荷物の積み具合を直し、ポーターにチップを与えてから、美しい市内へ車をスタートさせた。

エリナはジャンポールと並んで助手席にかけ、次から次へと目に映る魅力的なリオの風景を見逃すまいと、右を向いたり左を向いたりしている。白黒のモザイク模様の歩道は、おびただしい数の喫茶店やバーの表にあるテーブルをおおう派手なパラソルでところどころ途切れ、高くそびえる近代的なビルのあいだには、ポルトガル植民地時代をしのばせる昔ながらの建物がいくつもある。

黄金色の太陽はありとあらゆるものに熱い光を降り注がせ、真昼の町を行き交う白い肌、黒い肌、さまざまな肌の人間を、あまねく照らしつけている。

ほどなく町を抜けてコパカバナに向かうと、道はとて節穴でもなければね！」

ジャンポールがエリナの腕を取って気を遣いながら混雑したターミナルを案内し、ジェームズとポーターはあとからついていった。

事実ははっきりさせるべきだ、とエリナは考えた。

「未亡人ですのよ、ムッシュ・ジェラール」

とたんにジャンポールは足を止め、信じられないといったようにエリナを見下ろし、しばらくのあいだ棒立ちになった。

「そんなにお若くて未亡人！　お気の毒に！」

ふたたび歩きだすと、ジェームズがいら立たしげに言った。

「ジャンポール、フランス流の愛嬌《あいきょう》を振りまくのは、車に着くまで少しおあずけにしてもらえないかい？　ぼくとしてはシャワーを浴びて食ったり飲んだりしたいところだし、エリナも同じに決まっているんだから」

ころどころで急に山腹を切り進み、明るい照明のついた短いトンネルをいくつも通り抜けた。レブロンを通るときにジェームズが指さしたポンデアスカル山には、円錐《えんすい》形の山の頂上からケーブルカーがぶら下がり、怖いもの知らずの旅人が、全市を一望のもとに見渡している。

ようやく、白と黄金色に光り輝くコパカバナの入江に着いた。白く砕ける大西洋の波が、細長い砂浜を絶え間なく洗い、その大きな半円を描く海岸線に沿って豪華なホテルが立ち並んでいる。中でもオール・プレートは貫禄《かんろく》を感じさせるホテルの一つだ。ところどころに張り出した凝ったバルコニーには異国情緒の漂う植物がからんで風に揺れ、真っ白に輝くホテル正面のたたずまいに、エリナは心を奪われた。テラスには食事に対して真剣なブラジル人ならではの態度で昼食をとる人々がひしめいている。

ジャンポールはエリナとジェームズをロビーからフロントへ通し、支配人に紹介した。支配人はボーイを呼び、荷物を持って部屋へ案内するようにと命じた。

「部屋をごらんになるあいだに、テラスのテーブルを予約しておきます」ジャンポールが言った。「下りていらしたら、ご一緒にどうぞ」

「いいね」ジェームズはエリナの腕を取った。「十分で下りてくるよ」

ボーイは二人をエレベーターへ案内し、五階に着くと二間続きの部屋を開けて、ジェームズに渡されたチップの額にほくほく顔でさがっていった。

「ジャンポールが予約してくれたんだ。がまんしてくれよ。仲むつまじいところを遠慮なく見せつけたことを認めなくちゃならないね」

先にジェームズが部屋に入り、エリナは歓声をあげながらあとに続いた。

いちばん手前にあるのは狭いながらも贅沢《ぜいたく》な造り

の浴室、その奥が広い寝室につながる居間で、うれしいことに、バルコニーへ出られるよろい戸つきのフランス窓がある。エリナはバルコニーへ出て、すばらしい眺めにうっとりと見とれていたが、やがてくすくすと笑いながらジェームズを呼んだ。そばに来たジェームズは、エリナが指さすほうを見て吹き出した。

「部屋と部屋のあいだには、しっかり鍵《かぎ》のついたドアがあるのに気づいただろうけれど、バルコニーが続いているのはどうするのかな?」

「寝ぼけて侵入なさいませんように!」エリナの厳しい口調に、ジェームズはおしりをたたいてお返しした。

「さあ、あと五分しかないよ」

ジェームズが出ていくと浴室に駆け込んで手早く顔を洗い、化粧を直し、さっと髪をとかした。初めてのブラジル料理に胸をときめかしながら、ちょうど支度ができ上がったとき、ジェームズがドアをノックした。二人は急いで、ジャンポールが待つ階下へ下りた。ジャンポールはテラスのいちばん端の日よけのかかったテーブルで、背の高いグラスを前に腰かけている。二人がやってくるとさっと立ち、うやうやしくエリナを席につかせ、指を鳴らしてウエイターを呼んだ。ほどなくエリナは、カンパリ・ソーダに口をつけながら、フランス語とポルトガル語で書かれたメニューを夢中でのぞいていた。

品数豊富なメニューを前にして決めかねているのを、ジェームズとジャンポールはおかしそうに眺めている。

「ジェームズ、一緒に考えてくださらない? 前にもいらしたことがあるんでしょう? 何をいただいたらいいかしら?」

ジェームズはジントニックの入った大きなグラスをおき、メニューを見ようとエリナのほうに身を乗り出した。

ジャンポールは冷やかすように、にやりと笑った。

エリナが流暢《りゆうちよう》なポルトガル語で食事を注文すると、ジャンポールは大げさなしぐさでまじまじとエリナを見、度胆を抜かれたような顔でジェームズを振り返った。

「これほどの美人が、これほどのポルトガル語を操るとは、たいした腕前だ！」

「でなくて、連れてくると思うのかね？　それに、腕前じゃなくて、堪能と言いたまえ。そのほうが品がいい。このかわいい模範生は、疑う余地のない美徳に難癖をつけられると、暴力をふるう癖があるんでね」

エリナがジェームズに眉をひそめると、ジャンポールは興味津々の面持ちで、素早く二人に目を走らせた。

ようやく食事がすみかけたころ、ジェームズがジャンポールに尋ねた。

「ところで、ついうっかりして、クリスチアーヌのことをきいていなかったよ。どうしている？」

「ああ、わがクリスチアーヌは……」ジャンポールはぼんやりと、指でグラスをもてあそんでいる。

「リオで暮らしたがらないんですよ。パリを恋しがるんで、実家の母親のところへ行くことにしましてね、まあ、しばらくのあいだですがね」

ジェームズの顔に、同情というよりはむしろ皮肉に近い表情が浮かんだのが、エリナには意外だった。

「それは気の毒に」ジェームズは席を立った。「今日は、エリナも昼寝が必要だと思うんだ。エリナがやすんでいるあいだに、ラゴア・アズールの敷地を下見しておいたほうがいいと思うがね」

席を立ちながら、エリナはひたすらありがたく申し出に応じることにした。飛行機で眠れなかったうえにたっぷりの食事とワインのせいもあり、疲れからいまにも眠ってしまいそうだ。エレベーターに乗ろうとすると、ジャンポールがにこやかに笑いながら手に口づけをした。ジェームズに向かって、またね、と笑いかけたが、あからさまに気にくわないといった表情をされ、笑顔がしぼんでしまった。部屋に入ると、どっと疲れを感じた。ろくに服も脱がないままベッドに倒れ、エリナは深い眠りに落ちた。

ようやく、ベッドの傍らで電話のベルが鳴っているのが耳に入った。真っ暗な部屋で起き上がり、手探りで受話器を取る。ぼやけた声で返事をすると、受話器の向こうでおかしそうな笑い声がした。

「起きて顔を洗いたまえ、お寝坊さん……ジェームズだ」

「恥ずかしいわ」

やっとのことで、ベッドサイドのスタンドを探り当てた。「ロバート・レッドフォードならよかったのに」

「確かな筋によると、彼は今夜は空いていないそうだ。さあ、起きて、パーティードレスを着たまえ。三十分もしたらノックするよ。九時半ごろだな」

「ディナーには少し遅いんじゃなくって？」

「全然。ブラジルの標準でいくと、早いくらいだよ。じゃあ、あとで」

もうろうとした意識をもとに戻そうと、五分ほどそのまま横になっていたが、やがて浴室へ行き、しばらくぬるいシャワーを浴びた。体をふいて香水をつけ、オリーブ色の肌の美しさを際立たせて足りない肉づきをカバーしてくれる、クリーム色がかったピンクの、絹の袖なしドレスを急いで着た。すみれ色のアイシャドーを入れ、軽くマスカラをつけ、ローズピンクの口紅をほんのりとさすのには、二、三分しかかからなかった。ていねいに髪をとかしつけてから太い三つ編みにし、耳の上にはらりとかかるほどの巻き毛を残し、頭のてっぺんでくるりと巻いたた。香水をつけ直していると待ちかまえていたノックの音がしたので、小さいバッグを持ち、ドアを開けにいった。

ジェームズはえび茶色の絹の開襟シャツにシルバーグレーの薄手のスーツを着て、ドアの横にぺったり寄りかかっている。エリナの姿を見て、ほれぼれとしたように目を見張った。

「目の保養になるのは、ブラジル娘ばかりじゃないさ、お姫さま。昼寝の効果はてきめんらしいな！」

ジェームズはドアの鍵をかけ、エリナをエレベーターへエスコートしていった。

「電話が鳴るまで、死んだように眠っていたのよ。ほうっておかれたら、きっと明日の朝まで寝ちゃっていたわ」

「おいていかれたほうがよかったのかい？」

「リオにいるあいだは、一分たりとも無駄にしたくないわ。うちへ帰れば眠れるんですもの。ジャンボールもご一緒？」

ちょうどそのとき一階に着き、こぢんまりとはしているが豪華な食堂に入ったので、ジェームズは答えなかった。部屋はガラス張りなので、満月が泡立つ海を照らし出し、夜のコパカバナの宝石をちりばめたようにきらきら光るアトランティカ通り《アヴェニーダ》を一望のもとに見渡すことができる。

給仕長はうやうやしく二人を隅のテーブルへ案内すると、偉そうにウエイターを呼びつけ、分厚いメニューを持ってこさせた。

ジェームズの勧めに従って注文したクーバ・リーブレは、ラム酒をコカコーラで割ったもので、新鮮なライムの絞り汁と、大きな氷が入っている。二カ国語で書かれたややこしいメニューに九分どおり目を通したところで、ジェームズはさっきの問いに答えた。

「ひょっとすると、きみはがっかりするかもしれないし、あちらも来たくてうずうずしているんだろうが、今夜はご遠慮願ったよ。さっきはやけに、あいつを感激させていたじゃないか」

「ばかばかしい！　手にキスをしたり、ちょっぴりお世辞を言うくらい、彼にとっては日常茶飯事じゃないの。だれだって、フランス人なら当然だと思うわ」

ジェームズは、じっとエリナの目をのぞき込んだ。

「すごくうれしそうに見えたよ」

「もちろん、とってもいい気分だったわ。でも、まるで深刻に考えるようなことじゃないわ。根っから、おめでたい人間じゃありませんから」

「すまなかったよ、お姫さま。さて、何にしようか？」

ジェームズに呼ばれた給仕長は、片言の英語で、メニューを決める相談に真剣に乗ってくれた。その勧めに素直に従い、まずはビネグレットソースをかけたアボカドからはじめることにした。給仕長が言うカマロイエ・ア・グラガという料理は、小粒の玉ねぎを驚くほど大きなえびで囲んでベーコンで巻き、堅くて香ばしい衣をつけ、たっぷりの油で揚げたもので、それが、見たこともない種類もあるさまざまな野菜と一緒にいためたライスにのせられていた。デザートは、もぎたてのいちじくの砂糖煮を冷やし、シャンティクリームをかけてあった。初めから終わりまで、給仕長に言わせるとポルトガルのダン・ワインに似ているという、こくのある口当たりのよい赤のブラジルワインで食事を楽しんだ。

小さいカップで、濃いブラジルコーヒーをブラックで飲みながら、エリナはため息をついた。うっとりとジェームズを見ると、たばこの煙の中で、半ば閉じた瞳がほほえみ返している。

「ジェームズ、ほんとにリオに来ているなんて、信じられない気分よ。窓の外のコパカバナの眺めが嘘《うそ》みたい。通りを散歩できるかしら？」

二人はホテルを出ると、いまはもう見慣れたモザイク模様の歩道をあてもなく歩いた。この通りは海を象徴してか、うね模様になっている。イギリスならかなり遅い時間だというのに、名高い通りは活気にあふれた夜と、白く砕ける波が打ち寄せる海から吹くかすかな潮風を楽しむ、華やかな身なりの人の群れでごった返している。

ジェームズはしっかりとエリナの腕を取り、音楽がもれ、明かりのきらめく何軒ものホテルの前を歩き続けた。歩調がしだいにゆるみ、とうとうジェームズはエリナをオール・プレートのほうへ向き直らせた。

「明日の朝、ブラジルの紳士たちと渡り合う覚悟はできているかい？」

「大丈夫よ。時間は？」

「支配人がホテルの一室を使わせてくれることになっていてね、九時にはじめて、一時ごろまで続けよう。それから昼食をとり、しばらく休憩して、四時から六時まで仕事だ。どうしたって、夜は二人のためにとっておかなくちゃ」

すぐ間近の黒い顔を見上げ、エリナはほほえんだ。

「ミドランズでの毎日とは、だいぶ違うのね」

そばを通る人々にもおかまいなしに、ジェームズはそっとエリナに口づけをした。ジェームズの腕に力がこもると、エリナの胸はときめいた。ゆっくりと歩きながらホテルに着くと、ジェームズはしぶしぶ体を離して鍵をもらってきた。二人きりのエレベーターの中で、同時に視線が合った。熱い口づけを受けながら、エリナはジェームズの腕の中で震えた。急にエレベーターが止まったので二人は離れ、ぼうっと見つめ合ってから手を取り、エリナの部屋へと廊下を歩いていった。ジェームズは鍵を開けてから、エリナに渡した。

「ダーリン、入れてもらいたくてたまらないけれど、頼みはしないよ。それからバルコニーのことも、ご心配なく。侵入しやしないから。約束するよ」

エリナは、くすくす笑いとも、むせび泣きともつかない声をあげた。

「ありがとう、ジェームズ。おやすみなさい」

でも、お礼を言うなんておかしいわね。

エリナはつま先立ち、あっという間に、あっけに取られているジェームズの唇に口づけをした。ジェームズの腕が伸びてきたときには、エリナは部屋の中で一人きりになり、たまらなく一緒にいたいと思う心を、厳しくたしなめていた。

7

翌朝、太陽がはやばやとエリナを起こした。早朝のコパカバナを見よとばかりに、バルコニーのよろい戸のすき間から光がさし込み、ベッドにもぐってなどいられない。シャワーを浴びて黄色い綿ニットのシャツドレスを着たところへ、肌の黒いにこやかなメイドが朝食を運んできたので、窓際の小さなテーブルセットで食事をすました。八時半、こつこつというノックに応《こた》えてドアを開けると、白いシャツに白ズボンという、エリナ同様に夏らしい格好をしたジェームズが、笑いながら見下ろした。

「おはよう。よく眠れたかい？」

「ぐっすりね。ちょっとお待ちになって」

ノートと筆記用具、それにハンドバッグを持って二人で二階へ下りると、ジェームズは大きなテーブルと椅子を数脚備えた、明らかに会議室らしい広々とした風通しのよい部屋へエリナを案内した。ジェームズの隣に所持品を整えたところへ、ジャンポールが若いやせた男と、年輩でかっぷくのいい男と連れ立って入ってきた。両方とも顔色は浅黒く黒髪だが、年輩の男の頭には白いものがまじっている。二人はエリナを紹介されると、あけすけに喜んだ。

「うっとりいたしますな、セニョーラ」年輩の男はエリナの手を取り、唇を当てた。その英語はぎこちなく、強いアメリカなまりがある。エリナがよどみのないポルトガル語で挨拶《あいさつ》を返すと、男は驚いたように眉を上げ、若い同僚のエリオ・ソウザ・リーマをぺらぺらとポルトガル語で紹介した。エリオも加わってやり取りがはじまり、エリナが懸命に神経を集中して話を聞き取っていると、ジャンポールがおもしろがるようにジェームズを見た。

「こんなにチャーミングなレディを連れてくるとは、やることが賢いですな、ジェームズ、まったくこいつらも、エリナには頭が上がりませんよ」

「仕事にかかろうじゃないか」きびきびとした口調で言うと、ジェームズは二人のブラジル人のために椅子を引き出してやり、ジャンポールのほうはすかさず、仰々しい身振りでエリナを椅子にかけさせた。

会議は和気あいあいのうちに、スムースに運んだ。二人のラテン人は強引に、エリナをトロイの美女にちなんで〝ドンナ・ヘレネ〟と呼び、エリナをおおいにうれしがらせ、エリナには絶え間なくポルトガル語で、同時にジェームズとジャンポールには英語で話をした。短いコーヒーブレイクを取っただけで休みなく談合した結果、一時までには予想外の成果があげられたため、午後の会議は必要なしと決定された。

セニョール・ホセはエリナの手に顔を寄せ、ジェームズにもわかるように、英語で熱心に言った。

「ところでドンナ・ヘレネ、これからみなさんで、ポスト・セイスの海岸《プライア》沿いにある店、マシャードで昼食をとることになっております。若い娘《モサス》たちがみな、マヨ……つまり水着で闊歩《かつぽ》するのを眺めながら、外でえび料理を楽しんでいただきたい、と申し上げれば、セニョール・ラムゼーもご賛成くださるでしょう」

「たいがいは、泳ぐためにあらず」ジャンポールがいたずらっぽく笑った。「はっきり言って、男の目を引くためさ！」

この当てこすりを無視して、エリナは、どうかしら、というようにジェームズを見た。

「願ってもないお申し出だ。ジャンポール、きみも来るのかい？」

「わたしを遠ざけようってわけにはいきませんよ、修道士《フラール》ジャック！」黒い瞳がきらりと光った。

「なんなら、試してみてもかまわないよ」ジェームズはほかの人に聞き取れぬほどの低い声で言った。

「それに間違えるなよ、このつわもの《モン・ブラーヴ》め、ぼくは修道士なんかじゃない」

ジャンポールはうれしがって笑い、二人の男性にエスコートされて階段を下りていくエリナのあとに続きながら、渋りがちにしているジェームズの肩をたたいた。

マシャードまで、暑い午後の日差しの中を歩いていくことになったが、ホセとエリオは日差しがエリナには強すぎるのではないかと気をもんでいる。

「ご心配なく」エリナは笑った。「こげやしませんし、イギリスへ帰れば、ほとんど太陽が出ませんの。十二月になると、全然なんです」

まもなく一行はマシャードの店の前のテーブルに陣取り、ナッツやオリーブをつまみに背の高いグラスでビールを飲みながら、料理ができるのを待った。

ジェームズもエリナも、運ばれてきた料理に感服した。殻つきのまま二つ割りにしたロブスターに、考え得るありとあらゆる野菜を使ったサラダが添えられ、エリナが見たこともない、分厚く切った白く丸い野菜もまざっている。

「まあ、おいしい！　セニョール・エリオ、これ、何かしら？」

「パルミト、やしの果肉です。おいしいでしょう？」

「とっても！　それに、このマヨネーズのよくできていること。ジェームズ、何がそんなにおかしいの？」

「これに比べたら、マーケット広場のマリオの喫茶店が、いささか落ちるなと思ってね」

「いささかどころじゃないわ、痛烈ね。それに、なんてすてきな音楽だこと」

目を輝かして見上げるエリナのほうへ無意識に身を乗り出すと、わざとジャンポールが口をはさんだので、ジェームズは体を起こした。

「ジェームズ、ホセとエリオが、今夜みんなで集まって、お二人をシュラスコへご案内したいと言っているんです。この前いらしたとき、あなたはいらっしゃらなかったと思いますがね」

こうして招かれたのでは、ありがたく受けるほかなく、ジェームズはエリナがうなずくのを見てから、ホセとエリオにうれしそうにほほえんだ。

「シュラスコって、なんのこと？」

「コパカバナのはずれに野外食堂があってね、食べる者みんなから見える部屋の真ん中で、炭火で肉を焼くんだ。なんの肉でも選べるよ……そう、バーベキューってところかな。くしに刺した肉が、自分の皿の前のラックに入れてあるんだ。小さく切って、いろんな種類のたれだの、黒まめだの、ライスだの

「……」

「待って！　こんなに豪勢なお昼をいただいてしまったんですもの、食欲を取り戻すために、午後はずっとやすまなくてはね」

明らかに、夜は十時まで召集がかかるはずがないので、心配の必要はない。

あとの三人と別れ、エリナとジェームズはホテルへの道をぶらぶらと歩いて帰った。

「やすむって、ほんとに眠りたいのかい、それとも一、二時間、浜辺のパラソルの陰で寝そべるつもり？　もうじき四時だし、暑さも少しやわらいだよ」

「すてき！　いつ日光浴ができるかと思っていたのよ」

ホテルでパラソルを一本と敷物のわらのマットを二枚借り、泳いだあとで着替えずにホテルに戻りたい場合に使う、専用エレベーターを教えてもらった。

エリナはスーツケースからさんご色のビキニと、配色のよい巻きスカートを出し、ジェームズより先に支度をすました。あとから来たジェームズは短い黒の海水パンツをはき、もうブロンズ色に焼けた肩に、タオルを無造作にかけている。エレベーターでホテルの横手に直行し、通りを横切り、ぎらぎらとまぶしい太陽をパラソルでさえぎって、砂の上にマットをひろげた。

手足にオイルを塗り、ビーチバッグを枕に、暖かい日光を満喫するように仰向けになった。隣のジェームズはエリナの片手を握ったままじっと動かず、かなり長いあいだ、二人は満ち足りた思いでうつらうつらとして過ごした。やがてエリナがうつぶせになった。ジェームズはオイルの瓶を取り、エリナの肩と背中に伸ばし、リズミカルな動きで腿からくるぶしへとすり込み、また上へ手を戻していく。突然、ジェームズは手を引っ込めた。

「きみはなんでもないかもしれないけれど、こうしているとと、ぼくはもうたまらないんだ」とどろく波の音に消え入りそうな、くぐもった声だ。

エリナはじっとしていたが、やがてジェームズのほうに顔を向けた。ジェームズは腕に頭をのせ、うつぶしている。

「わたし、いやがらなかったわ、ジェームズ」

「それがわからなかったと思うのかい？　肌の感触はともかく、きみがいやがらなかったおかげで、手を離せなくなってしまったんだ。人中でよかったよ」ジェームズは、まだうつむいている。

エリナはおずおずとジェームズの腕に手を伸ばした。ジェームズはとっさにエリナのほうを向き、ぎゅっと手を握り締め、ゆがんだ笑みを浮かべたかと思うと真剣な表情になった。

「エリナ、二人きりのあいだに、ちょっとした頼みを聞いてくれるかい？」

「納得がいくことなら、なんなりとね」

「はっきり言って、きみはどう見てもジャンポールを挑発して、なれなれしくしすぎる気がするんだ。あいつが手を引くような態度をしてやってくれないか？　あのあさるようなフランス人の目は、確かにきみをねらっている。少し距離をおきたまえ。さもないと面倒なことになるぞ。身持ちが悪い、捨てられた亭主ほど危険なものはないんだから！」

言ったことが聞こえなかったのかとジェームズが思うほど、エリナはずっと長いあいだ、身じろぎもせずに寝そべっていた。ほのぼのと満ち足りた幸福感は跡形もなく消え、熱い午後の日差しを浴びているにもかかわらず、寒気がする。ごろんと仰向けになって起き上がり、バッグからサングラスを出してかけた。すてきな午後の喜びも消え、膝をかかえたままじっと海を見つめて座り続ける。長い沈黙。

警戒するような目つきをして、ジェームズが起き上がる。「なんとか言わないのかい、エリナ？」

エリナは冷ややかに笑った。

「最初の日光浴ですもの、これくらいで十分だわ。度を過ごすのは利口じゃないでしょう。ホテルへ戻って、ゆっくりお風呂に入ることにします。一緒に来てくださらなくてもけっこうよ」

ゆっくりと立ち上がり、ケープのようにスカートを体に巻きつけ、むっとした表情で後ろ姿を見送るジェームズを残して歩きだした。

平静を保とうと鉄のような自制心を使い果たしたために、部屋に戻ると吐き気すら覚えた。心を落ち着かせようと数回深呼吸をし、顔をしかめて鏡の中の自分を見る。浜辺での数分間、もし二人きりであったなら、日ごろの自制心にも阻まれずにジェームズの腕に抱かれ、応えてしまっているだろうということをいやというほど感じながら、あの欲望を駆り立てるような手の動きに甘んじて身を横たえていたものを。時ならぬジェームズの頼みが、エリナを冷たい海綿動物のようにしらけさせてしまったのだ。にわかに全身がほてった。ジャンポールに対しては、工事契約を成立させるためにはるばる出張してきたジェームズの部下として当然の、ごく自然の温情以上の刺激など与えてはいない。

ビキニを脱ぎ、スーツケースをかきまわしてペーパーバックを出し、バスタブにぬるめの湯を張った。無理やり小説に心を集中して、バスタブの中で伸びをする。しだいに気持がほぐれ、物語の筋に引き込まれていった。ようやく髪を洗い終え、タオルでターバンのように巻くと、ベッドに横になり、いつしかうとうととまどろんでしまった。

ゆうべと同じように電話のベルに起こされたが、今夜の相手はハスキーな声のジャンポールだ。

「ボンソワール、いとしい人《シェリ》、ジャンポールです。ジェームズはご一緒で？」

「こんばんは、ミスター・ジェラール、いらっしゃいませんわ」

「これは失礼！　どちらにおいでか、お教えいただけますか？　部屋のほうにはご不在でして」

「わかりかねます。午後はずっとお会いしていませんの」

「ご存じない？　それでは、階下《した》のバーに九時半に行っているからとお伝えください。わたしの車で、シュラスカリア・ガウショへお連れしますから」

「ありがとうございます。では、のちほど」

もう時間がないのに気づき、受話器をおくと勢いよくベッドを下り、赤い絹のドレスを着て、まだ乾ききらない髪をきりりとアップに結った。待ちかまえていたノックの音がすると、なんと言って出迎えようかと心が定まらないままドアを開けたが、ジェームズがするりと部屋へ入って足でドアを閉めたので、その思いも吹き飛んでしまった。憤りの抗議の叫びがエリナの口から出る前に、ジェームズは力ずくでエリナを抱き、荒々しく口づけをした。あまりの唐突さにしばらくは抗《あらが》うこともできずにいたが、やがて息苦しくてたまらなくなると、エリナは深く息を吸い、怒りに燃えた冷ややかな目を向け、身をよじって相手の腕から逃れた。

「エリナ……」ジェームズは険しい顔をしかめた。

「こんばんは、ジェームズ」たったいまの出来事などまるでなかったかのように、エリナは穏やかにていねいに言った。

ジェームズは当惑顔で、ためらうように突っ立っている。

「さきほどジャンポールからお電話がありました。あなたの居場所がわからなくて、なぜか、ここにおいでに違いないと思ったようでしたわ。九時半に、階下のバーで待っているとのことでした」ちらりと時計に目をやり、すげない笑いを浮かべた。「少し過ぎてしまいましたわ。行きましょうか？」

「エリナ、すまなかった。あんなふうに飛びかかるつもりじゃなかったんだ。でも頼むから、さっきの話に対して、なんとか言ってくれ……ぼくを無視するような態度を取るなよ！」

エレベーターの中で壁に寄りかかり、エリナは考え深げにまじまじとジェームズを見つめた。

「何もかも無視するのが、いちばんだと思ったのよ。とやかく言っても、わたしはとうてい、人を挑発するようなまねのできる柄じゃないんですもの」

ジェームズは顔を曇らした。

「わかったよ。さっき浜辺で言ったことを、まだ怒っているんだね。なんてことだ！　ぼくはただ、ジャンポールをいい気にさせるのはやめるべきだと言ったただけだよ。ぼくにまで冷たくすることはないじゃないか！」

「それでわたしもわからなくなってしまったのは確かよ。だって、あなたのお気に召すように、あの三人の男性にはごく当然の礼儀を尽くしているだけで、だれ一人いい気にさせているなんて、夢にも思っていなかったんですもの。でも、ご心配なく。生まれつき愛想がいいところを、できるだけ抑えるようにしますから」

そのとき一階に着いたので話はそれきりとなり、ジェームズはやむなく、エリナのあとからロビーを抜けてジャンポールの待っているバーへ向かった。

「早かったな」ジェームズはぶっきらぼうに言った。

ジャンポールはエリナの手に唇を当てている。

「遅れないように、必死の思いで来たんですよ。なんだかんだと言っても、ブラジル人はいまでも時間の正確さを要求するときには〝イギリス時間《オーラ・イングレーザ》〟でって言うでしょう？」

すぐにも、ホセとエリオが待つシュラスカリア・ガウショへ向かったほうがいいのではないか、とエリナは促した。ジェームズの顔つきからすると、どう見ても愉快に酒をくみ交わすつもりはないらしい。

その晩は夜も更けてから部屋に戻り、へとへとになって寝る支度をした。だれも、今回の出張でわたしが十分に役目を果たさなかったとは言えないわ……。

贅沢《ぜいたく》きわまるごちそうだった。炭火で焼いた豚肉や牛肉のスライスが皿の前にずらりと並んだくしに刺して出され、エリナが目を丸くするさまに、ホセとエリオは大喜びをした。この大量の肉に取り組む男性たちに引けを取るまいと、エリナも大胆に挑戦したものの、半分手つかずの肉のついたくしを給仕が下げたときには内心ほっとした。ところがしばらくすると、給仕は温め直した肉のくしを皿に戻したので、エリナはがっかりし、男性たちはさんざんおもしろがった。

夜が更けるにつれてますますワインの量も増え、招待者側のホセとエリオはそろって、英語で話そうとする努力を完全に放棄し、家や家族などのこまごましたことを、もっぱらポルトガル語だけで話すのだった。その早口の会話に耳をすまして聞き取るうちに頭が痛みだし、ときおりジェームズとジャンポールの話にも耳を傾けながら一晩じゅう外国語でしゃべったために、エリナは思いのほか神経をすり減らしてしまった。

四人の男性につき添われてホテルに戻ると、一時半を過ぎていた。ジェームズのせせら笑うような視線を避けるようにして、エリナはみんなと別れた。

またたく間に次の朝を迎え、すぐさま朝食をすまして午前中の会合に備えた。昼間のために、白と茶のストライプ柄に白襟のついた、新品のシャツドレスがある。またもや長い豊かな髪と格闘しながら、髪を短くする必要を身にしみて感じた。家にいるときはべつになんの面倒も感じないが、こうしてぎっしりスケジュールが詰まっていると、髪の処理は余分な雑用だ。アップに結うことは初めからあきらめ、ジェームズのノックを待つあいだに太い三つ編みに仕上げた。九時少し前にノックがあった。ジェームズは自分のことを忘れているのではないかと思いかけたところなので、エリナはほっとしてドアへ走った。

「おはよう」

ジェームズはまじめな顔で立っている。エリナに代わって鍵《かぎ》をかけると、儀礼的に、ゆうべは楽しかったかとなおざりに尋ねただけで、会議室へ連れていった。

正午までに、すべての事項が決定された。今晩は一緒に食事ができないからと、ホセとエリオはしきりにエリナも昼食に加わるようにと誘った。エリナはにっこり笑い、最後の会食は女性抜きのほうがいいだろうし、国の家族に、美しいこの国のおみやげを持たずに帰るわけにはいかないからと、機転をきかせたつもりで断った。

「まず、何か食事をしなさい」ジェームズが静かだが断固とした口調で言った。

「部屋でサンドイッチのルームサービスにします」

「タクシーで町へ行って、オウビドール通りへ行くといい。リオのショッピング街でね、ロンドンのボンド・ストリートみたいなところだ。買い物にたいして時間がかからないようなら、運転手に頼んで待っていてもらうといい。さもないと、絶対に帰れなくなるよ」ジェームズは財布から札束を取り出した。「ブラジルのクルゼーロを遣って、あとで返してくれればいいよ。むろん、ポンドでね」

二人はほかの三人に乗り遅れて、エレベーターを待った。エリナはためらうように札束に目を落とした。

「大金みたい」

「それくらい必要になるさ。今夜は九時ごろまでに支度をしなさい。きっとジャンポールは、どこかのフランスレストランへ連れていくつもりだろう。ゆうべと違って、一晩じゅう英語でしゃべれるよ。骨を折ってもらって、とても感謝しているんだ」

「ありがとう、ジェームズ。お優しいのね」

「努力するよ。めちゃめちゃにね」

エレベーターのドアがぴしゃりと閉じ、曇りがちなジェームズの顔をさえぎった。エリナは心の中でほほえんだ。今回の旅行は、ジェームズが心に描いていたものとは少々違ってきていることが、はっきりと感じられるのだった。

8

ルームサービスのサンドイッチとコーヒーで昼食をすますと髪と化粧を直し、予約しておいたホテルの美容室がある中二階へ下りていった。主任のセニョール・アントニオはやせた感じのいい若者で、イギリスから来た、しかも達者なポルトガル語を操るレディに、できることはなんなりとして尽くすつもりになっていた。若い美容師にシャンプーをさせてから交代した主任は、エリナがおかしくなるほど顔を右へ向かせたり左へ向かせたり、ひとしきりじっと眺めて考え込んでいたが、やがてすべてを自分に任せてほしいと申し出た。ようやく鏡に映った仕上がりを見ると、エリナは変身した気分になった。おびただしい量の髪がカットされ、うまい具合にカールした毛先が柔らかい段を作って、羽毛を重ねたように肩すれすれにかかっている。前髪は優しく額にかかり、風がそよぐたびに髪全体が揺れる。軽くなったし、若返ったみたい……それに、軽薄そうだわ……。これから買い物に行くことを聞くと、アントニオは使用人の一人にタクシーをやっている友人のところへ電話をかけさせ、頼りになる運転手だから、と言ってエリナを安心させた。表に出るともう車は待っており、エリナはただちにリオの町とオウビドールへ向かった。

オウビドールは回廊のような狭い通りで、そこに並ぶすばらしい品々を何一つ見落とすまいと、エリナは右へ左へと駆けずりまわった。木彫、革細工、銅細工の装飾品、ダイヤモンドやルビーと並んで、きらきら光る準宝石類、ようやく見とれるのをやめて、品物を選びはじめた。リチャードにはわに革の財布、蝶《ちょう》のししゅうをあしらった白い綿ローンのドレスはヴィクトリアに、男の子たちには荷かごを背負った手彫りのらば。これだけ決めるのは予想外に早かった。一息ついてから、ミセス・ジェンキンズには見事なししゅうを施したテーブルクロスを、それから少し手間をかけて、ハリエットのための品物を探した。結局、フィガという、ブラジルでは幸運のお守りとされる魔除けのチャームに決めた。姉の金のブレスレットにぴったりだ。べっ甲製の精巧な握りこぶしのデザインで、その手のつめと腕輪は金でできている。

タクシーに戻るにはまだ少し時間がある。ひどく喉も渇いたので、冷たい物を飲めるような店を探していると、ぱっと人目を引くショーウインドーが目についた。深紅のサテンをバックに、ドレスが一着飾ってある。あとは、黒い花瓶にオレンジ色の百日草がこぼれんばかりに生けてあるだけだ。肩ひものないほっそりとした黒のドレスに、白い水玉模様のたっぷり丈のある黒いオーガンディの上着がふんわりとかかっている。エリナはほしくてたまらなくなった。誘われるようにして香料の香るあか抜けた店に入り、すぐさまウインドーのドレスをはずしてもらって着てみると、試着に手を貸す女店員の口から、「まあ、魅力的《ウム・エンカント》」という言葉がもれた。魅力的なドレスに、なんと手持ちのトラベラーズチェックをそっくりはたき、後ろめたい気持でいっぱいになりながら中央街へ出、タクシーを待たせている場所へ向かった。帰り道はリオのラッシュアワーにかかって交通渋滞に悪戦苦闘し、予定よりかなり遅れてコパカバナに戻ってきた。

オール・プレートに入ると、フロントの若者が鍵《かぎ》と封筒を手渡した。中には、見慣れた筆跡の短いメモが入っている。〈J・Pとラゴア・アズールへ行く。九時ごろにはアメリカン・バーにいる予定。そこで落ち合おう。J〉

部屋へ上がり、ドレスをつるしてみたい一心で荷物を下ろした。衣装戸棚の扉にかけたハンガーに下げたドレスを見ていると、贅沢《ぜいたく》なことをしてしまったという後ろめたさが、しだいに消えていく。ふと鏡の中の自分が目に留まり、エリナはあっと驚いて棒立ちになった。一瞬、髪のことを忘れてしまったのだ。まるで自分じゃないみたい……豊かな髪の毛を失ったことが、半ば惜しい気もする。ハリエットがびっくりするわ……。

バーの入口で巨大なゴムの木の鉢に見え隠れしながら、エリナはためらった。二人の男はカウンターにもたれ、話に夢中になっている。午後はずっと日光にさらされて過ごしたために、ジェームズはいっそう肌が黒く見え、ハリエットのパーティーで着ていたアイボリーのコーデュロイのスーツが、色の黒さを強調している。隣では小柄で細いジャンポールが、身振り手振りよろしく何やら力説しており、白いシャツと白ズボンに黒の上着姿が、だて男ぶりを際立たせている。ジェームズは立て続けに二度ちらちらと時計を見、それから待ちあぐねるように入口へ目を向け、エリナの姿を認めると優しく顔をほころばして、こんだ店内を足早にこちらへ歩いてきた。エリナはその笑顔を見て、はっと胸の詰まる思いがした。

「髪を切ったのよ」必要もないのにわざわざそう言って、おずおずとジェームズを見上げた。「お気に召して?」

ジェームズは大きなため息をついた。

「その……ふさわしい言葉を探そうとしているんだけれど、もしかしたらきみのその姿を言い表すのにぴったりの言葉はないんじゃないかな。チャーミング、すてき、すばらしい、はっとさせられる……二、三思いついただけだがね……。さあ、ジャンポールのところへ行こう。なぜ髪を切る気になんかなったんだい?」

エリナはうれしそうに、ジェームズの腕に手をからませた。

「あんまり暑いし、うるさいし、手入れがやっかいだし、急に大変身したくなったの。こういうの、お好き?」

「すごく魅力的だよ。でも、インディアン娘みたいな太いおさげが、心残りだな」

二人が来ると、ジャンポールは大げさな身振りでエリナの手に唇を当てた。

「なんて魅力的な《コモ・ヴゼット・シャルマント》!すばらしいドレスだ。午後は存分にお遣いのようですね?」

ジェームズに渡されたカンパリ・ソーダに口をつけながら、エリナは憂鬱《ゆううつ》そうに笑った。

「それ以上にふさわしい言葉はありませんわ。存分に遣ったたっていうのがぴったりなんです。もう、すっからかん！」エリナは真剣な顔でジェームズを見た。「商店街をごらんになればよかったのに。ばち当たりなくらい心をそそられて、おもしろかったわ。家族にはすてきなおみやげを奮発したし、このドレスが目についたときは、どうやら魔が差したらしいの。少しも悪いと思わないで、誘惑に負けてしまったんですもの」

「柄にもないな」ジェームズは自分のグラスに向かってつぶやくと、からかうような笑顔を向けた。「そのドレスは人目にも留まらずに、売れ残りになるために作られたわけじゃないさ。だから食事のあとで、ドレスに踊らせてやらなくちゃ。きっとジャンポールが、適当なブワット、つまり、ナイトクラブを知っているだろうからね」

「そうですとも、言うまでもありませんよ。ともかくみなさん、まずはわたしの親友の店、ル・ベク・ファンへ行きましょう」

ジャンポールは二人を自分の車に案内し、コパカバナのはずれへ車を走らせた。じきに三人は、飲食業というものが何やら非常に厳粛なものに感じられるレストランについた。赤と白のチェックのテーブルクロス、ガラスのかさがついた飾りけのない台にろうそくをともしたテーブル、仕切りで囲まれた革張りの椅子に腰を落ち着けた。盛りだくさんのメニューは肉筆でしたためてある。ジャンポールはどの料理もすべて、店内で調理される新鮮なものだからと念を押した。よくよく考えた末、エリナはスモークドサーモン、男性は生がきからはじめることにした。メインはマデラワインで煮込んだ子牛の肉、続いてグラン・マニェ酒入りのスフレが出され、上等のボルドーの赤ワインを存分に飲みながら食事をした。

「魚料理には白ワインと相場が決まっていますが

ね」ジャンポールがにんまりと笑った。「ジェームズがどうしても赤だと言って譲らないんですよ」

「ときどき、白も召し上がるようですわ」

「そう、でもそれも、まったく時によりけりさ」グラスの中身を見つめるジェームズはそっけない。

ジャンポールはいぶかしげに二人にちらりと目を走らせたが、そこへ店の主人がやってきて、自信ありげに料理の出来ばえを尋ね、コーヒーと一緒に極上のカルヴァドス・ブランデーをお出ししようと申し出た。主人に別れを告げてジャンポールの車に戻り、すぐ近くのナイトクラブ、カルリーノへ向かったが、浮かれた陽気な雰囲気は、暖かいマントが三人をすっぽり包んでいるかのようだった。急な階段を下りると薄暗い照明の小さな部屋があり、熱い人いきれのする中、ドラムとピアノとギターのトリオが、狭いこみ合ったダンスフロアの隅で、低くボサノバを奏でている。


ジャンポールが注文した飲み物のグラスが、かろうじて三つおけるほどの、カウンターわきのテーブルに陣取ると、ジェームズがうめき声をあげた。

「これ以上、飲んでいいものやら。午後、ラゴア・アズールで、あのブラジル人ときたら……ああ、エリナ、ぼくが伸びてしまったあの酒を、きみにもなめさせたかったよ。ジャンポール、あれ、なんて名前だったっけ？」

「ピンガです。さとうきびから作った度の強いアルコール、カシャーサでできていましてね、レモンジュースだの、いろんなものとミックスさせるんですよ。そりゃあ、強い！」

「あなたも召し上がったの、ジャンポール？」

「わたしはもっぱらワインだけです。かなり前に、これしか生き延びる手はないってことがわかったんです。必然的に、いやでもつき合いで昼食、夕食が続きますのでね。リオへ来てじきに、長生きするには、ワイン一辺倒でいくしかないと考えました。でも、今夜は別。ここのウイスキー・サワーの右に出るものを出す店はないんですから」

テーブルが小さいので、おのずと椅子もくっついている。ジェームズの温かい太腿が自分の腿に当たり、無頓着に椅子の後ろに投げかけた腕が肩に触れていることを、エリナは強烈に意識していた。

「午後は楽しかったかい?」

ジェームズの唇が耳をかすり、温かい息が首筋に当たる。エリナはため息をついた。

「すてきだったわ。もっとも、髪を切るときはびくびくしたけれど。あなたのお金を全部遣ってしまって、申しわけありません」

「そのつもりだったのさ。きみの頭は、茶色い羽が光っているみたいだ。いいにおいもする」

飲み物が届くと、ジャンポールはおつりの小銭を断って、二人のほうを向いた。

「さあ、お二人とも、飲んでごらんなさい。うまいでしょう?」

いつもならウイスキーは敬遠するエリナも、レモンの香りがするウイスキー・サワーの口当たりのよさを認めずにはいられなかった。

ジェームズはためらいがちにグラスを見た。

「あともう一杯が限度だろうな。ジャンポール、きみはほんとに、カシャーサに手を出さなくて賢明だったよ」

「では、わたしがエリナと踊るあいだ、ここでゆっくりお休みください。この魅力的なドレスを人目にさらすべきだということに、あなたも異存はないことでしょうから」

この事態の成り行きを、ジェームズはとても得意がるどころではなく、二人がやけにゆっくり、人々がひしめく小さなダンスフロアへ歩いていくのをむっつりと見送った。狭いフロアの許す限り、できるだけジャンポールと体を離して踊りながら、エリナはジェームズが手元のグラスをあっという間に干し、ボーイにもう一杯注文するのを見た。

「わたしを押しのけている……ジェームズがやくのを心配しているんですか？」

「やくというより、怒るんじゃないかしら。あなたもそれがお目当てなんでしょう？　こんなにもフランス人の魅力を振りまいて！　必要とあらば、あなたはほとんどフランスなまりなしで、英語をお話しになれるような気がしてなりませんの。こんなドン・ファンじみたことをなさる必要はなくてよ。だってわたし、ちゃんと免疫がありますもの」

ジェームズと比べてかなり近い高さにある瞳が、邪悪に光ったかと思うと、すぐになにげない表情になった。

「でも、エリナ、あなたはとてもチャーミングな若いレディだ。それに、ちょっとムードがある。なんというか……少し憂いを感じさせる《アン・プー・トリスト》……だから男は、かばってあげたい気持にさせられるんです。まったく悩殺的だ、保証しますよ」

「しかも、まったく無意識だって、保証しますわ。お世辞を言っていただいてありがとう、ムッシュ。ほら、ジェームズもアン・プー・トリストに見えますわ。席に戻りましょう。踊っていただいてどうも」

二人が近づくとジェームズはすかさず席を立ち、一言も言わずに、トリオがテンポの遅い耳慣れた曲を奏でているフロアへエリナを連れ戻した。

ジェームズはあからさまにエリナを抱き締め、エリナもジェームズの首の後ろで両手をからめ、二人はゆっくりと動いている。

「この歌、知っているわ。なんだったかしら？」

「昔の曲だ。『黒いオルフェ』のテーマ、ブラジルの古い映画だよ。覚えているかい？」

エリナはうなずき、ジェームズの肩に頭をあずけ、音楽と、締めつけられんばかりの抱擁に身をゆだねた。曲が途切れたので顔を上げると、ジェームズがささやいた。

「そろそろホテルへ帰ろう……遅いからね」

オール・プレートの薄暗い照明がついた玄関で、エリナは楽しい晩をありがとう、と礼を言いながら、ジャンポールに手を差し出した。ジャンポールはその手に口づけをし、エリナが今度はジェームズに向かっておやすみと言うのを、意外な面持ちで見た。ジェームズは目を細め、さっと表情をこわばらせた。

「おやすみ、エリナ」冷笑的な口調だ。「ジャンポールが六時に迎えにくることを忘れないように」

時間を守ります、と答えてから開いているエレベーターへ歩いていき、閉まるドアの陰から、見送る二人の男性にとぼけて手を振った。部屋へ入りながら、エリナはいたずらっぽく自分に笑いかけた。世も末といったようなあのフランス人の目の前では、なんとしても、ジェームズを一緒にエレベーターに乗せるわけにはいかなかったわ……。

いつくしむように大切にドレスをつるし、のんびり寝支度をしながら今晩のことをうっとりと思い起こした。少なくとも、今夜は表立った不穏な空気もなかったし、ジャンポールの余計なちょっかいは別として、とっても楽しかったわ……。あれもわたしを誘惑したいからじゃなくて、ジェームズを怒らせるのがねらいだっていうことは、よくわかっているの……それがまた、大成功だったわ……。

シャワーを浴びてからみやげ物の荷造りを思い立ち、ついでに衣類もまとめたほうがいいと考えた。おおかた片づいたとき、静かにドアをノックする音がしたので、エリナは体をこわばらせてくるりと向き直った。もう一度ノックが繰り返された。ドアのところへ行き、慎重に相手を確かめた。

「ジャンポールです。ちょっと、すみません」

何事かと思いながらしぶしぶドアを開けると、非難がましい顔つきのエリナに笑いかけながら、相手は押しのけるようにして部屋に入ってきた。

「そんなに疑うように見ないでくださいよ」エリナの小さいパーティー用バッグを取り出し、これ見よがしに見せつける。「車に戻ったら、これがあったものですからね」

「ご親切に届けてくださいましたのね。フロントにあずけるか、明日の朝渡してくだされればよろしかったのに」

ジャンポールはとぼけた顔をしている。

「でも、大切なものが入っているでしょう？　さてと、お返しに一つだけキスをしていただいたら、引きさがりますかな」

エリナははらわたの煮えくり返る思いがした。

「お願いですから、ジャンポール。おっしゃることにお応《こた》えすることはできません。バッグをありがとうございました。いますぐ、お引き取りいただけませんか」

相手は動くどころか、椅子の袖に腰かけてぶらぶらと足を揺すりはじめたので、エリナは恐ろしくなった。

「とにかく、いとしい人《シェリ》、妻のクリスチアーヌは、たくましくて無口なあなたのジェームズをひどく好いていたんですよ。ぞっこんまいってしまって、少しもその事実を隠そうとしなかった。わたしは全然、気にもしませんでしたがね。だから、これでおあいこだと思って……その、イギリス人は公平を重んじますからね……償いとして、あいつの恋人から一度だけ、ちょっとキスを盗むくらい当然でしょう」

ジャンポールはいきなり椅子から下りてエリナの二の腕につかみかかり、顔を自分のほうに向かせた。が、そのとき、エリナは鋼《はがね》のような手でジャンポールからもぎ離され、みぞおちが凍りつくような思いで、驚いて相手を見上げた。明らかにバルコニーから入ってきたのだろう。ジェームズは膝までの丈のタオルのガウンらしきものをはおっている。怒りに青ざめた顔で、脅すようにジャンポールのほうへ足を踏み出した。

「出ていけ、ジャンポール、このげんこつで、きさまに手を貸してやりたくならんうちにだ！」

ジャンポールは悪びれたふうもなく両手を上げ、わざとらしく、ジェームズのガウンからエリナの薄いグリーンのガウンへと、心得顔で視線を移した。

「失礼しました《ミュ・パルドン》。ここまで邪魔者とは存じませんで。ゆっくりおやすみください、みなさま、ではまた明日！」

ジャンポールは小ばかにするように頭を下げ、当てつけがましくていねいにドアを閉めた。

ジャンポールが出ていってしまうと、部屋にはひどく不愉快な沈黙が漂った。いまのやっかいな出来事で、自分は不本意な立場にあったことを弁解しようと恐る恐る顔を上げたエリナは、ぎらついた目で自分をにらみつけているジェームズに気づき、じわじわと恐怖感が突き上げてきた。事実、しらふとはほど遠い状態なのは明らかだ。エリナは攻撃に出た。

「助け船を出してもらわなくても、招かれざる客を追い払うことぐらい、ちゃんと自分でできたわ。どうして芝居がかって飛び込んだりしたの？」

「ぼくの知っている限りでは、野外劇でもやってるみたいだったよ。寝る前にバルコニーで新鮮な空気を味わっていたら、声がした。もしや何かまずいことでもあったらと思って、確かめずにはいられなかったのさ。前々からこっそり約束していたのなら、許してくれたまえ」

「そんな、ヒストリカルロマンスに出てくるだれかさんみたいな言い方、よして！　さあ、もうこれでよかったら、やすみたいわ」

「きみを失望させて出ていこうとは思わないね。いとしい人《シェリ》。そっちが恋の戯れ気分でいたんなら、ぼくとしては身代わりをさせてもらえれば、そんな幸せなことはない」

エリナは不安に目を見開いてジェームズをにらみつけながら、信じられないというようにあとずさりをしたが、ジェームズはよろめくように足を踏み出して両腕でエリナをとらえ、復讐《ふくしゅう》するかのように、情け容赦ない激しい口づけをしながら、鋼のような力でがんじがらめに抱き締めた。エリナは心底恐怖にとらわれ、必死になって身をよじり、もがいた。ジェームズが喉の奥で立てる陰気な含み笑いにぞっとし、無駄と知りつつも、たくましい胸を押し、これでもか、これでもかというように締めつけてくる腕の中で暴れた。一瞬、間ができたと思ったとたん、薄いガウンの前身ごろが、ジェームズのこぶしの中で引きちぎれる音を聞くばかりだった。ジェームズはそれをものともせずに片手でエリナの両手をわしづかみにし、空いているほうの手で残っているガウンをはぎ取った。エリナは、絶望の低いうめき声をあげた。

「ジェームズ、お願い！」懇願の声は、ジェームズの熱情と欲望にはねつけられた。

「何を聞けというんだ？」エリナをきつく抱き締めているために、深い声はなめらかさが消え、荒々しく途切れている。酔いからくる乱れと嫉妬《しっと》の炎が、教養の衣をはぎ取り、ジェームズを危険な、他人のような存在に変えてしまった。「わざとあのフランス人と組んでぼくを手玉に取り、持ち上げたり突き落としたりするようなことを、これ以上させてたまるか。好きにしてやる」

「ジェームズ……」なんとか説き伏せようと必死の努力をしたが、ジェームズは肉体の衝動のほかは何一つ心になく、エリナの感触にぶるぶると体を震わせている。短いローンのネグリジェで申しわけ程度に隠れたエリナの体の曲線にせわしなく手をさまよわせながら、乱暴に唇を押し当ててエリナを黙らせた。

エリナの頭の中で、鈍い声が繰り返している。

〝こんなのいや、こんなのやめて！〟しかしジェームズはエリナを抱き上げてふらふらとベッドに運び、投げるように下ろした。エリナはすかさず向こう端へころげたが、伸びてきた手が肩をつかみ、荒々しく自分のほうを向かせた。一時の衝動にかられた侮辱的な指がネグリジェにつかみかかり、ゆっくりと裾まで引き裂き、切れ端を投げ捨てながら、片手はエリナの両手を頭の上に押さえ込んだ。息を切らし、やみくもの欲望に怪しく燃える仮面と化した顔で、ジェームズはしばらくのあいだかたずをのんで、自分のしたことをじっと見下ろした。エリナの懇願のまなざしも目に留まらぬまま押さえていた手を放し、ふたたび唇を重ね、わなわなと震えながら反抗する体を愛撫《あいぶ》し、やがてその上にかぶさった。

こんなことが現実にあっていいはずがない……エリナは気も狂わんばかりの絶望の中でそう思った。苦悩のすべては、不実な自分の肉体が、この傲慢《ごうまん》無礼な扱いに応えることを強く願い、組み伏した体をわがものにしようとする肉体に、もっと自分から押しつけていきたいと求めていることにある。

エリナは本能的に満身の力をこめて狂ったように体を起こし、無我夢中だったジェームズの度肝を抜いた。続いて激しくもみ合ううちに、突然ぐらりときしんで割れるような音がしたかと思うと、二人の真下で、ベッドがゆっくりと崩れていった。二人は一瞬あっけに取られ、口もきけずに横たわっていたが、エリナはすぐにベッドの残骸《ざんがい》の中から逃げ出し、飛びつくようにして切り裂かれたガウンを取り、激しい勢いではおった。振り向くと、ジェームズはガウンのベルトを結びながら、いかにも珍妙な顔で壊れたベッドを見つめている。イギリスのものとは違い、このベッドは頭板と足板のついた木枠に羽目板を張って、マットレスを載せただけだ。乱暴な扱いをされたために、枠組みが崩れしまったのだ。

またたく間に、しかも完全に、ジェームズはしらふに戻った。肩を揺らし、頬に涙を流してこらえようもなく笑いころげるのを見て、エリナは無性に腹が立った。

「あなたがおもしろがるのにつき合わないからって、わたしが礼儀に欠けるだなんて思わないでいただきたいわ。もうこれで自分の部屋へ戻って、明け方までじっとしていることね」

ジェームズはやっとのことで自分を制してベッドから気をそらし、エリナが懸命になってうまくかき合わせようとしている破れたガウンを見ていたが、やがてその目から笑いが消えていった。警戒するような目つきでエリナを見、頭に手をやった。

「まったく、何から謝ったらいいのかわからないよ、エリナ。まず、きみの……その……服を台なしにしてしまってすまなかった……むろん、弁償するよ」

「あら、わたしになんか謝らないでよ。ハリエットの前ではいつくばることね。貸してくれたんですから」

「おお、神さま！ なんてことだ！」

「いまさら神を信じたって、無駄よ。さあ、出ていっていただけません？……たったいま、すぐに」

「ねえ、エリナ、ぼくのベッドを使ってくれよ。ぼくがここのソファでやすむから」

エリナの表情を見れば、花盛りの木もまたたく間に枯れてしまったことだろう。

「わたしがまぬけだとでも思っているの？ ちゃんと自分の部屋へ戻って。わたしがここで寝るわ……

もっとも、よく眠れるとは思わないけれど。そんなことより、このいまいましいベッドでいったい何があったかを十分に説明できるポルトガル人をつかまえられるかどうかで頭がいっぱいよ！」

ジェームズはバルコニーへ続く窓のほうへ歩いていった。少し手前で立ち止まり、わざとらしく、いかにも申しわけないという顔つきをした。

「ねえ、きみ、そんなにまでこのベッドのことを悪く言うと、あのときベッドが壊れたのを、きみは残念がっているんだと思いたくなるよ」

エリナはしばらくのあいだ目を閉じ、こぶしを握り締めて立ち尽くしていた。

9

翌日の帰国の旅は、できれば忘れてしまいたいようなものだった。少なくともエリナにとって幸いなことに、飛行機は満席で、ジェームズと並んで座れる可能性はなかった。壊れたベッドのことを、まずはびっくり仰天しているメイドに、次に物腰の柔らかな支配人に弁解するという大騒ぎにすっかり疲れ果てた思いで、機体が離陸するとエリナは目を閉じてシートにもたれた。空港までの道々、エリナは無言で押し通し、憎らしいジェームズとジャンポールは、ゆうべの気まずい事件などまるでなかったかのように、とりとめのないおしゃべりをしていた。どんなに和解交渉を持ちかけてみてもエリナが冷たくあしらったので、搭乗のアナウンスがあるころには、ジェームズまでが黙りこくってしまった。

土曜日の晩遅く、冷え冷えと湿っぽい霧雨が降る十一月のイギリスに着いた。寒さに身震いをしながら例のごとく長時間待たされて荷物を受け取り、やっとのことでポルシェに身を落ち着けたときには、骨の髄まで冷えきっていた。ジェームズは膝かけを投げてよこした。車が地下道を抜けて空港をあとにし、高速道路四号線を走ってミドランズに向かうあいだ、エリナはずっと黙ってその膝かけの中で縮こまっていた。

それで寒くないかと尋ねただけで、ジェームズはもう何も話しかけようとしなかった。エリナにはそれがありがたく、車が長距離を突っ走るあいだ、ひたすら暖かいベッドにもぐり込み、何もかも忘れたいと惨めな気持で思い続けた。頭が割れるように痛み、いまにも風邪をひきそうな予感がする。ジェームズのかたくなな横顔を見上げて、うちにいればよかったのよ、とむっつりと自分に言ってみた。ジェームズはどこで降ろしてほしいかと尋ね、結局ミル・クレッセント通りで車を止めると、降りるエリナに礼儀正しく手を貸し、スーツケースを玄関へ運んだ。甥《おい》たちのためにホテルの前で買い求めた凧《たこ》でふくらんだ袋をしっかりかかえてあとについていきながら、なぜかエリナはこっけいな気分になった。

「ゆうべの振る舞いのことで、またまたわび言を繰り返したところで、まるでなんの役にも立たんだろう。すっかり自制心を失っていたんだ。これだって、たいした言いわけにならないのはわかっているがね」

「何もかも忘れましょう」ひどくきまりが悪くなった。「記憶から消すのよ」

ジェームズは口づけをしようとしてか少し身をかがめたが、エリナが思わずあとずさりをするとしゃんと背を伸ばした。

「じゃあこれでもう、何も言うことはないな、エリナ。月曜の朝、会おう」

無言でうなずき、ドアを開けて中に入った。玄関が閉まると、ミセス・ジェンキンズがエリナの顔を見て大声をあげながら奥から出てきた。

「まあ、疲れきった様子じゃないの……楽しかったの？　ちょっと日に焼けたみたいね。たいへんな旅行だったんでしょう？」

家主の大歓迎に甘えて、スープやいり卵のもてなしを受け、濃い紅茶を何杯もお代わりし、ありがたく思いながら台所で腰かけていたが、ようやくおみやげのテーブルクロスを渡し、夜の挨拶《あいさつ》をして引き揚げた。自分の部屋に上がると、ポットで湯をわかしただけで、すべてを忘れることに慰めを見いだそうとベッドに倒れ込んだが、心の中では繰り返し、ゆうべのジェームズの思いを遂げさせてやらなかったとは、なんて愚かなのかしら、というやな声が響いていた。自分自身、まぎれもなくそれを求めていたと思うと、体がほてった。

次の朝トルマーストンへ行き、大喜びの待ち人たちにそれぞれのみやげ物を手渡したが、努めてハリエットと二人きりにはならないようにした。一見して鋭く何かを直感したハリエットは、懸命に自分を抑え、旅の話をせがんだり短い髪に大声をあげたほかは、釈然としないエリナの様子に立ち入って探ることを差し控えた。エリナはすっかり本物となった風邪を格好の口実に、早めに引き揚げた。リチャードは気をきかして車で送ってくれたが、医者として、風邪の手当てを指導したにすぎなかった。別れ際、意外にも一瞬抱き締められたエリナは、胸の詰まる思いで言われたとおりの薬と熱い飲み物を飲み、肉体と精神の苦痛に耐えて、ベッドに入った。

月曜の朝、ラムゼー＆コルター社に着くころには、ジェームズと顔を合わせることを思い、激しいパニック状態に陥った。会いたくもあり、恐ろしくもある。拾っていくつもりで待っているのでは、と思ったが、ミル・クレッセント通りへ出ても、門前に例の車はなかった。受付に着くと、だれもが見事に日焼けしたものだと大騒ぎをし、多くの人が髪型をほめた。受付のルイーズは魅力に満ちた旅に思いをはせてうらやましそうなため息をつき、エリナのくしゃみを聞いて、せっかくの気分に水を差さないでくれと言った。オフィスで待ちかまえていたフランシスも、ルイーズと同じことを繰り返したが、鋭い目は、目の下にできたくまを見逃さなかった。

「どんちゃん騒ぎをしてきたんでしょう。よその国で遊びほうけてきたあとだからって、お情けなんか期待しないでしょうね！　すてきだった？」

エリナは弱々しく笑った。

「とってもよ。で、その代わりに風邪をひいてしまったの。あなたがあんまり忙しい思いをしなかったのならいいんだけれど、フランシス」

「ちっとも。保留しておいた件がいくつかあるけれど、あとはそれほどまずいこともなかったわ。さあ、急がなくちゃ、またあとでね」

いつもの仕事に没頭しようと固く心に決めて努力した。指は機械的に郵便物を開けたり分類したりしていても、耳は常に、ブザーの音や隣のオフィスのちょっとした気配にも敏感になっている。無意識のうちに隣へ通じるドアを見てしまう目を、そちらへ向けないようにするのも骨が折れた。ついにドアが開き、エリナは胸をどきどきさせたが、そこに立っていたのは温厚な笑みをたたえたヘクター・ラムゼーだった。安堵《あんど》と失望に引き裂かれながらもはじけるように席を立ち、手を差し出した。

「ミスター・ラムゼー！　お目にかかれてうれしいですわ。しかも、こんなにお元気そうで」

「こんにちは、エリナ」ヘクターはエリナの手を取って握り締め、うかがうように顔をのぞいた。「こちらも同じ言葉を返したいところだがね。焼けたね。南米のあの日差しのせいだろう。でもやせたし、目の下にくまができているよ」

探るように見つめられて赤くなり、エリナはあいまいな笑いを浮かべた。

「イギリスの気候に舞い戻ったおかげで、しつこい風邪をひいてしまっただけですわ。それに申し上げるまでもありませんが、リオでは連日てんてこ舞いでしたの。でもきっと、結果にはご満足いただけたと思います」

「ホテル計画に関する限りは朗報だ。しかしジェームズのやつは、何やらおりの中のライオンみたいにうろうろしているし、きみは日焼けした幽霊みたいに見えるなんて、どこかしらうまくいかなかったことがあるに違いない。マーガレットは、わたしが自分で行って確かめたほうがいいと言うんだよ。臆《おく》病《びょう》な雌馬みたいに、びくびくする必要はないよ。ジェームズは今朝早く、ロンドンへ行く用事ができたんだ。一日、二日はかかるだろう。どうしたんだい、エリナ？　きみとジェームズは初めはぎくしゃくしていたが、それからは実にうまくいっているものと思っていたんだがね」

「ほんとになんでもないんです。時差ぼけと、わたしには不慣れな贅沢《ぜいたく》な生活をしたせいだと思いますわ。でももちろん、ジェームズのほうはどうなのかは存じませんけれど」この嘘《うそ》つき、とひそかに思う。「今日はずっと社にいらして、お手伝いしていただけますの？」

「心配ご無用！　マーガレットはきっかり一時間だけと言って、解放してくれたのさ。あいつは鷹《たか》みたいにわたしを見張りおって、体重が減ったとは思わんかな？」ヘクターは誇らしげに腹をたたいた。

「レタスをたっぷり、ポテトは少し、が家内のモットーなんだが、効き目があると認めざるを得ない」

「ほんとにお元気そうですこと。それに奥さまのお心遣いとご配慮が、よくよく伝わってきますわ。よろしくおっしゃってください」

「どうやら、丁重に追い払われているな。きみにはやるべきことが山ほどあるのがわかっているよ。ジェームズが目を通したあとで、ブラジルの報告書を読むのをとても楽しみにしているんだ。それじゃ、エリナ、体を大事にしなさい」

ヘクター・ラムゼーが大きな手を振って出ていってしまうと、当面ジェームズと顔をつき合わせなくてすむという安心感に心が軽くなるのを覚えながら、エリナは待ちかまえていた仕事に取りかかった。

続く二、三日は、重労働と頭痛と、激しいくしゃみに加えて鼻が詰まったせいもあったが、おおかたは絶えずジェームズを思う心痛で眠れぬ夜を過ごし、もうろうとした中で過ぎていった。電話が鳴るたびに、耳慣れた深い声が聞けるかという期待で夢中になって受話器を取るのを除けば、昼間は仕事に追われて、ジェームズへの思いを断ち切ることもできた。

しかし、ジェームズからは不吉なほどなんの連絡もなく、日がたつにつれて惨めな気持になり、食欲もほとんどなくなってしまった。

木曜日に風邪は峠を越した。帰宅すると病み上がりの体にむち打ち、古いジーンズとTシャツに着替えて、延ばし延ばしにしていた台所の壁と天井の掃除をはじめたが、ふと胸騒ぎを覚えた。

ラムゼー&コルター社では夜間、機密文書はすべて鍵《かぎ》つきの引き出しにしまい、進行中の書類はエリナの机の専用引き出しに入れて鍵をかけることになっている。ブラジル報告の書類をどうしたか記憶がなく、出しっ放しにしてきたのではないかと思って気がめいった。やっきになって思い起こそうとしたが、頭を悩ませれば悩ますほど、ますます自信がなくなった。とうとう腹立ちまぎれにため息をつき、重い手で髪をとかし、てかてか光る赤い防水ジャケットを着た。電話でタクシーを呼んでから階下へ下り、ミセス・ジェンキンズに行き先を告げた。ウエストゲート通りでタクシーを降り、疑う余地のない不安にかられながら、真っ暗なビルに入った。日中人が大勢いるあいだは、こうして暗く人けのないときほど古めかしさが目立たない。たった一つ天井から足元を照らす明かりの中をつま先立って階段を上りながら、ここがかつては大きな屋敷で、自分同様、さまざまな悩みや感情を抱いた人々が住んでいたのだということをひしひしと感じた。

軽く身震いをしながらオフィスに着き、机の上のスタンドをつけた。引き出しはすべて鍵がかかっており、重要書類入れを開けてみると、ブラジル報告書は無事にちゃんとおさまっている。いまいましい気持でもう一度鍵をかけ直し、救いようのないばかだと自分をののしりながら、スタンドを消そうと手を伸ばした。入口のほうでかすかな物音がしたので、エリナは体をこわばらせてくるりと振り向いた。幽霊のような人影が、ほの暗い戸口に立っている。あっとかすれた声をあげたかと思うと、全身の血が引いていくような気がしてエリナは気を失った。

ゆっくり目を開けると、心配でたまらないというようにのぞき込むジェームズの顔だけが見えた。あけすけにうれしそうに輝くエリナの瞳を見ると、ジェームズは深く大きく息を吸い込み、無意識のうちに唇を重ねた。

「いったいこんな時間に、ここで何をしているんだい？　家宅侵入かと思ったよ」

「ジェームズ、息ができないわ」

「ああ、ごめんよ」ジェームズは腕をゆるめた。

「もう二度と、こんなことはしないでくれ、度肝を抜かれたよ!」

「わたしがあなたを脅かしたですって? こっちは幽霊か強盗だと思ったのよ。どっちのほうが怖かったかはわからないけれど。〝ここはどこ?〟ってききたい気分だわ」

ジェームズは少し向きを変え、エリナの姿勢を楽にさせた。

「ぼくの膝の上だよ。ぼくはきみの机に寄りかかりながら、床に座ってきみを抱いているのさ」

「そうだろうと思ったわ。なぜ床になんか座っているの?……それに、あなたはまだロンドンにいらっしゃるものと思っていたわ」

「きみが倒れたとき、うまい具合にぼくが支えて、なぜかこんなあんばいになったのさ。急にロンドンから帰ったのは、他人《ひと》から仕事の虫かと思われるほど働いたからなんだ」言葉を切り、意味ありげにエリナを見下ろした。「人知の及ぶ範囲で、できるだけ早くこっちへ帰れるようにとね。さあ、起きてきみ一人で立てるかどうか見てみよう」

ジェームズはエリナを膝から下ろして立ち上がり、手を差しのべて引っぱった。エリナは自分の足が綿のように感じたが、いったん立ってジェームズの胸にしっかり抱きとめられると、すぐに頭がくらくらするのもおさまった。

「もう放してくださってけっこうよ、ジェームズ。すっかり大丈夫らしいから」

「そうらしいな。でも、きみが弱っていて格闘できないうちに、こうしてしばらく抱いていたいんだ。よく気を失うのかい?」

「これが初めてだけれど、こうなってもちっとも不思議じゃないの。一日じゅうほとんど食べていないし、この二、三日、ずっとそうなんですもの」

ジェームズはそっとエリナを揺さぶった。

「いったいなんだって食べなかったんだい?」

「それが……リオから帰ったらしつこい風邪をひいてしまったもので、お腹《なか》がすかなかったの」エリナは身震いするように息を吸い込んだ。「鼻詰まりに悩まされて、眠れなくて……それに……ああ、ジェームズ！」エリナはジェームズの上着に顔を押し当てて、激しく泣きじゃくりはじめた。「今週はとっても惨めだったわ！」エリナは子供のようにしゃくり上げた。

片手でしっかりエリナをかかえ、ジェームズはもう一方の手で胸のポケットを探ってハンカチを取り出し、とめどなく流れる涙をぬぐってやった。

「ダーリン、頼むからそんなふうに泣かないでくれ。さもないと、こっちまで泣けてくるじゃないか。ぼくだって、きみと同じように惨めだったんだ。きみ以上じゃないかな。だって、リオで狂暴性を発揮したことを、きみは一生許してくれないだろうと思っていたんだからね。どんなに激しく自分をののしったことか。耳を貸さないきみに、それを繰り返しはしないがね。それで、自分の気持をほのめかすつもりで、わざとロンドンへ行ったんだ。とうてい許してもらえそうにないかい？」

すすり泣きがしだいにおさまった。あっけに取られているジェームズのぐしょぬれのネクタイのあたりで、くすくすと笑う声がする。ジェームズはエリナの顔を上に向かせた。

「何がそんなにおかしい？」

「ほんとはね、レイプや、体を奪われるからって、あんなに怒ったんじゃないのよ、ジェームズ。あのいまいましいベッドのことを、説明しなくちゃならなかったからなの！」

ジェームズはにんまりと、いたずらっぽく笑った。

「支配人は英語が達者でね、ちゃんと明細を書いて、つけに弁償代も足しておいてくれと言ったら、顔色一つ変えなかったよ。結局ジャンポールがホテル代を払ったんだけれど、きっと、おやっと思ったんじゃないかな?」

二人は体を寄せ合い、こらえようもなく笑っていたが、やがておかしそうな表情が消えたジェームズは、かがみ込んで、無抵抗なエリナの唇に口づけをした。エリナは発作的にジェームズに腕をまわし、仲直りできたことに心底ほっとした二人は、固く抱き合った。しばらくそうしていてから、ジェームズが手をゆるめた。

「エリナ、きみが気を失うほどお腹をすかしているんなら、うちへ来て食事をしようよ」

「ジェームズ!　こんな格好じゃ、どこにも行かれそうにないわ。台所の壁をふいていたら、急に報告書をしまい忘れたような気がしてきたの」

「それでここにいたのか……最初の疑問から脱線させられていたよ。どんな格好をしていようと、いっこうにかまわないさ。目は赤いし、鼻も光っているし、いかにもさんざんキスされたみたいな唇だ。それに忠告するがね、たったいますぐに行かないと、ぼくはリオにおいてきたあの状態になってしまうよ!」

心をくすぐられるような言葉がうれしくて、エリナは防水ジャケットのボタンを留めながらうっとりと笑い返した。

「いいわ、ジェームズ。なんでもあなたの思いどおりにして」

ジェームズは信じられないというように、鋭い目を向けた。

「まるで、本気に聞こえるよ」

「本気ですもの」

ジェームズは深呼吸をしてからエリナが差し出した手を取り、電気を消して足早にオフィスから連れ出した。エリナは風邪のことも忘れ、ジェームズの手の感触や温かさに満足し、自分の世界がちゃんとまたもとに戻ったことを心でかみ締めながら、幸福感にぽうっとする思いで静かに階段を下りた。突然、エリナは実感した。ジェームズは、自分の回転する世界の軸なのだ……この事実をいまさら隠す必要はまったくないみたいだし、これ以上自分を欺いても、なんにもならないんだわ……。

エリナの思いを察したかのように、ジェームズはほの暗いホールの途中で足を止めた。

「どうしたんだい、ダーリン？」

持ち前の自制心から、エリナはこの新発見をよく考えもしないで、内心をさらけ出してしまう気になれず、恥ずかしそうにほほえんだ。

「気絶したら、あっという間に風邪が吹き飛んでしまったみたいだなって思っていたの。風邪と気絶に関係があると思うわけじゃないけれどね」

ジェームズは表のドアに鍵をかけ、どしゃ降りの雨の中を大急ぎで車に走り、エリナをシートに座らせてエンジンをかけた。

「きみがよくなったのには、ひとかたならぬ理由があると考えたいね。正直言って、こうも急に従順になったのが信じられない気持だよ。ほんとに、もうすっかり気分はいいのかい？」

ヘッドライトに照らされてはねる激しい雨を、満ち足りた思いで見つめながら、エリナはそっとほほえんだ。

「あなたに会えて、とってもうれしかったの。それだけよ。ロンドンから電話をくださると思っていたけれど、きっとお忙しかったんでしょうね」

「何度も受話器を取ったよ。一度はきみのアパートの番号すらまわしたけれど、ベルが鳴る前に切ってしまった。冷たくてよそよそしいきみの声を聞くのかと思うとそれが怖くて、直接会えるときが来るまでおあずけにしたんだ。ああ、ほんとになんていやな一週間だったことか！」真心の伝わるような口調に、エリナも正直になったほうがいいと考えた。

「電話が鳴るたびに、あなたでありますようにって思っていたの」

ジェームズは首をかしげているエリナをちらりと見てから、低く笑った。

「ああ、ぼくら人間は、なんて愚かなんだろう!」手を伸ばし、エリナの膝小僧にのせた。「シェークスピアは気のきいたことをたくさん書いているよ。ぼくらにぴったりの、ちょっと変わったこんなやつもあるんだ。〝キスしておくれ、かわいい二十歳、若さはいつしか朽ちるもの〟っていうのはどうだい?」

「内容は別として、わたしは二十歳より少し上よ。でも、確かに正しいことを言っていると思うわ。全面的に認めます」

「こっちがとうてい手を出せないときに限って、わざとそんな挑発的なことを言うんだから」

エリナがあわてて話題を変えたので、ジェームズはおもしろがった。

「いったいなぜ、あのときオフィスにお寄りになったの? 高速道路からお宅へ帰るのとは、まるで方向違いなのに」

「出張から帰ると、いつもは両親と食事をするんだけれど、電話で約束を取り消したんだ。至急すまさなくてはならない重大な用件があったものでね。つまり、うちへ帰る前にきみに会おうと、直接町へ来たわけさ。ぼくに会うことをどうしても拒否できないように、きみの家の玄関に顔を出すつもりでいたんだ。きみが切ってしまうかもしれないと思って、先に電話をかけることすら心配だった。ウエストゲート通りを通ったら明かりがついていたもので、調べておいたほうがいいと思ったのさ。さあ、着いたよ」

車を止めると、ジェームズはまだ激しく降りしきる雨の中へ飛び出し、反対側へ来てエリナに手を貸した。

激しい雨と暗さで、でこぼこの舗道に面した別荘の外見はよく見えなかったが、ジェームズが急いで鍵を開けて中へ通すと、エリナはじっと立ち尽くし、明かりがついた部屋の中をため息をつきながらほれぼれとしたように見渡した。梁《はり》をむき出しにした天井の暗さと対照的な白壁、燃えるようなオレンジ色のカーテン、暖炉や革張りのソファ。広々とした見事な室内装飾に吸いつけられるようにして見まわしながら、エリナは黙って上着をジェームズにあずけた。

「どうだい？」

エリナはきらきらと瞳を輝かした。

「こういうお部屋は想像していなかったわ。もちろん、梁が見える造りだろうとは思っていましたけれどね。でも、そこらじゅう、真鍮《しんちゅう》製品やサテンのプリントで飾り立ててあると思っていたの」

ジェームズは苦笑した。

「前はね。エリカは古風めかした造りつけをして、部屋仕切りは型どおりだし、真鍮のがらくたをあっちこっちにおいて、家具にはサラサ模様のカバー、そろいのカーテン、おまけに花柄の絨毯《じゅうたん》を敷いていたんだ。全部取り払って、自分の好きにした。いいと思うかい？」

「思わないはずがないじゃないの！　二階も同じ造りかしら？」

「似たり寄ったりさ。台所の階上《うえ》に小さな納戸があったけれど、風呂にしたんだ。狭い寝室二つをぶち抜いて、一つにした……お見せしようってわけじゃないよ。いままでのところ、寝室に関するぼくらの経験はあんまり愉快じゃないからね」

エリナはくすくすと笑った。

「代わりにお台所を見ましょうよ。何か食べるものはありそう?」

冷蔵庫を調べると、中はミセス・ラムゼーが詰めた食品でいっぱいになっていた。ローストビーフの薄切り、ハムのかたまり、ミックスサラダと冷えたポテトサラダ。

ジェームズはとまどったようにエリナを見た。

「おふくろは、これをどうさせるつもりだろう?」

エリナは笑いながら食べ物を受け取った。

「男の人はだめね! フライパンを取ってくださったらいためるわ」

あっという間に二人は食事を平らげてしまったが、エリナにはそれが、いままでになくおいしく思えた。

ジェームズは堅焼きパンとボルドーの赤ワインを出し、もう一度冷蔵庫を調べ、ミセス・ラムゼー手作りの黒いちごのパイをデザートに持ってきた。

二人は松材の小テーブルのクッション張りの椅子に、できるだけ寄り添って腰かけた。ジェームズはロンドンでの一週間やミドランズ・オフィスの現状に触れ、エリナのブラジル報告のはかどり具合を尋ねたりして、話は次から次へとはずんだ。

ついにエリナは満腹して、深く椅子にもたれた。お腹をさするさまを、ジェームズが優しく見守っている。

「気分はよくなったかい?」

「ジェームズ、文句なしに、生まれてこのかた最高においしいお食事だったわ。ほんとにありがとう。食べはじめるまで、こんなにお腹がすいていたなんて、まるでわからなかったの。さあ、片づけましょう」

ジェームズは素早く立ち上がり、かたくなに首を横に振った。

「今夜はいい。ぼくが残り物を冷蔵庫に入れて、食器を流しにつけてくるから。コーヒーをいれるあいだ、きみはただ、プレイヤーにかけるレコードを選んでくれればいいさ」

エリナは逆らわなかった。今夜ジェームズが望むことは、自分にとっては命令だ。幸せな気分で積み重なったレコードの山をあさり、ヘンリー・マンシーニの豪華なアルバムを見つけ出した。

「ムードミュージックか」ジェームズは円テーブルにコーヒートレイをおいた。「ブランデーで飲もう。クリームをきらしているんだよ。あいにくだけれど、今夜お客があるとは夢にも思っていなかったからね。レコードをかけてくるよ」

「どうも、このプレイヤー、わたしにはちょっとややこしいみたい」

二人は静かに美しいメロディーを聞きながらコーヒーを楽しみ、エリナは一杯だけ、ブランデーをなめた。

ジェームズは二人のカップとグラスをトレイに戻すと、エリナを抱き寄せた。エリナはジェームズの肩にもたれ、部屋に低く流れる甘い官能的なメロディーを聞きながら、ゆったりとくつろいだ。

「エリナ」

「なあに、ジェームズ?」

「この、独り者のうちをどう思う?」

「完璧《かんぺき》よ。わたしは何一つ変えやしないわ」

ジェームズはエリナを抱き締め、その髪に顔をうずめた。

「一緒に過ごしてもいいって思うくらい、気に入ったかい? せめて、週末ぐらい」

エリナは静かに体を離し、汚れたズックのつま先を見つめたまま、しばらくのあいだじっとしていた。やがて顔を上げ、ジェームズをまっすぐに見た。

「いいわ」

ジェームズが大きなため息をつき、息を凝らしているのが手に取るようにわかる。

「ほんとにいいんだね、ダーリン」

エリナは押し黙ったままうなずき、ジェームズのほうに唇を向けた。

しばらくのあいだ、部屋には音楽のほかになんの音もせず、そのうちにレコードも止まった。静寂の中でジェームズは、初めはそうっと、やがて熱く燃えるような口づけをし、いつしか二人は唇を重ねたままぴったりと抱き合っていた。エリナの体の曲線をせわしなくさするうちに、ジェームズは自然とエリナにかぶさり、ほとんどソファにうつぶせになった。エリナは少しも抵抗しなかった。守るべきときは終わったのだ。無条件で身をゆだね、手も唇も相手に負けず劣らず激しく求めていた。やがてジェームズは体を離し、エリナのウエストの両側に手をついてバランスを取りながら起き上がった。顔は欲望を抑えようとする感情の葛藤《かっとう》に張り詰め、目はすごみを帯びている。エリナはわけがわからないというように、ぼんやりと相手を見上げた。

「これだけ？」小声でささやいた。

「ああ」ようやくゆがんだ笑いが浮かんだ。「ぼくにそれがわからないはずがないじゃないか。起きなさい！」

「わたし、何かおかしなことをした？」淡い失望を感じていることに、心がさいなまれる。「ジェームズ……わたしたち、きっといつかは同時に愛し合うことを望むと思う？」

ジェームズは心もとない笑いを浮かべてエリナを抱き寄せた。

「それは絶対さ。ところで、いまきみのためにリオで買っておいたものを渡したいんだ」

ジェームズは立って、別のソファにほうり投げてあった上着のポケットに手を突っ込んだ。小箱を手にして戻ってくるとふたを開け、エリナの左手を取り、いいかい、というような目つきで、そろりそろりと結婚指輪をはずし、代わりに箱から出した指輪をはめた。エリナは半信半疑で、両側に三つずつ小さなダイヤをあしらい、長方形にカットされたルビーの指輪を見下ろした。きらきらと光る宝石が、思わずこみ上げてこらえきれずに手の上へ落ちた涙にうるんで、ぼんやりと浮かんでいる。

ジェームズは悲しそうに、エリナのぐしょぬれの顔を自分のほうに向かせた。

「今夜はさっき、やっとのことできみの顔を乾かしてあげたつもりだったんだよ。ぼくと結婚すると思うと、そんなに悲しいのかい？」

「結婚を考えていらっしゃるとは思っていなかったんですもの」

「エリナ、エリナ、本気で、ぼくと同棲《どうせい》する気でオーケーしたのかい？」

エリナは真っ赤になってうなずいた。

「そういうことは慣習に従うべきだと、ぼくはまじめに考えているんだよ」おかしくてたまらないというような口調だ。「ましてやきみは、牧師の娘でもあるんだし、うちの両親や、ハリエットとリチャードの反応については言うまでもない。その……むろん一度目の体験が、きみを慎重にさせてしまったんでなければだけれど。ぼくはその人の代わりをつとめるつもりじゃない。そう、ぼくなりのやり方で、きみを幸せにしようとしているんだ」

泣きぬれた顔にかかる髪を後ろへ払いのけ、エリナはジェームズの顔を両手ではさみ、熱い口づけをして相手を驚かしたり喜ばせたりした。

「これからは徹底して正直になるわ。結婚なんて、少しも考えていなかったのよ。あなたが、一緒に暮らそうって言ってくださったのだと思って、お望みのときに応じる覚悟でいたの。こんな言い方、あまり慎みがないと思われるかもしれないけれど、もうだれがなんと言っても、リオから戻って以来のあんな毎日、まっぴらだわ。ほんとに、いままでの人生で最悪だった……ニックが亡くなったとき以上にね。リオであんまり取りすましていたおかげで、せっかくの奇跡的な二度目のチャンスを逃してしまったし、もうあなたは、わたしを求めることもないだろうって考えたの」言葉を切り、とめどなくあふれる涙を子供のように手でぬぐった。「結婚を考えていらしたのを知って、どれほど幸せな気持がしているか、とてもとても言い表せないわ。だってわたし、残された人生のできるだけ多くの時間を、あなたと過ごしたいんですもの」

頬骨のあたりをほんのりと上気させ、ジェームズはつかみかかるようにして、肋骨が砕けんばかりにエリナを抱き締めた。目を閉じ、ぴったりと顔を寄せ合い、苦悩にも似た愛し愛されることの幸福感に身じろぎもせず、二人はしっかりと抱き合っていた。長い時間がたった。

「送ろう。明日、親父《おやじ》とおふくろ、それにハリエットとリチャード、なんだったら聞く耳のあるやつならだれにでも知らせよう。でも今夜は、二人だけの秘密だ。きみとぼくとのね」相手が小さな子供ででもあるかのように、ジェームズはエリナのジャケットのボタンを留めてやり、最後に両方のまぶたに口づけをした。「あまり長く待たせないでくれ。お願いだから、早く頼むよ」

「今日が木曜日でしょう……ドレスも要るし、披露宴らしきことも準備しなくてはね。現実から言って、来週の土曜日以降でないと無理だと思うわ」

「それ、本気かい？」

「まさか、ちょっとからかったのよ。それに、教会で結婚の公示を出してもらわなくてはね。もっとも規定どおり、三週間も待たされないで特別許可がもらえるでしょうけれど。許してもらえないはずがないわ。もし……もしあなたが本当に、いますぐにでも求めていらっしゃるのならね」

「いままで、こんなにほしいと思ったものはなかったよ」

「それじゃ、許可が取れたら教会で会いましょう」

「何もかも、ぼくに任せるんだ。あとの心配は、母とハリエットがしてくれると思うよ」

ジェームズはいきなりエリナを抱き上げ、狂ったようにぐるぐるとまわった。

「ダーリン、いますぐに送っていったほうがいいな。来週の土曜日までに、しなくちゃならないことがたくさんあるからね」

「わたしのボスが、仕事を辞めさせてくれるかどうか、まだわからないわよ。でも、ちゃんとした心の励みになるものがあるんですもの、喜んで残業するわ」

10

居間から窓の外を見ると、もう門の前に例の黒い車が止まっている。コートをひっかけ、バッグをひったくるようにして部屋を飛び出し、音を立てないようにという日ごろの心がけも忘れてどたばたと階段を下りた。庭先を駆け抜けてポルシェの助手席に滑り込み、巣に戻った小鳥のように、待ちかまえていたジェームズの腕に抱かれ、唇を差し出して口づけを受けた。深い満足感にひたってから、ジェームズは少しエリナを離し、その上気した顔をまじまじと見つめた。

「どう見たって、光り輝いているよ」鼻の頭に口づけをし、シートベルトを締め、車をスタートさせた。

「だれかさんがスイッチをつけたからよ。あなたこそ、とってもすてきに見えるわ」ジェームズがびっくりしたようにちらりと見たので、エリナは笑った。「愛し愛されているんですもの。あなたが魅力的だって言って、何が悪いの？」

ジェームズはエリナの片手を取った。

「文句を言っているんじゃないさ。ただ、感謝の意を表して、きみの手を握る以上のことができる状態ならよかったと思ってね。それに、ぼくはお世辞を言ってくれるレディには慣れていないんだよ」

真っ白いシャツの襟がくっきり際立つほど顔を赤くしたジェームズを見て、エリナはうれしくなった。ジェームズは懸命になって、運転に神経を集中している。

「今日の昼食に、きみを両親のところへ連れていくよ。例によってロンドン情勢の報告を待っているからね。予告なしに、二人そろって重大発表するのも名案だと考えたのさ」

エリナはうっとりと見とれていた指輪から目を上げた。

「前触れもなしにうかがっても、お母さまは大丈夫かしら？」

「おふくろにも欠点はある……いちいち挙げるには値しないがね。ただし、これは断っておくけれど、人をもてなす手腕にかけては抜群なんだ。ついでにぼくらのニュースでびっくりさせるのが、とても楽しみだよ。もっとも親父《おやじ》はなぜか、あんまり驚きそうにないような気がするな」

エリナは心残りな様子で指輪をはずして箱におさめ、ハンドバッグのチャックのついた中袋に大切そうにしまった。

「おいおい！　つけておかないのかい？」

「隠してしまうのはつらいわ。でも、ご両親にお話ししてからにしたいの。話のついでだけれど、今夜、ハリエットのところへ連れていっていただける？　あの人たちにもこのすてきな知らせを、二人で伝えたいんですもの」

「社に着いたらすぐに電話をして、約束しておきたまえ。ぼくにしてみればなるべく早く、所有者としてのしるしをきみの指につけさせたいからね。それとも、こんな言い方をすると、きみの男女同権主義に反するかい？」

「全然。わたしはあなたのもの……そして、それがうれしいんですもの」

朝の郵便物の仕分けをすますとすぐに、ハリエットの番号をまわした。

「いったい、ゆうべはどこに行っていたの？　ミセス・ジェンキンズが、大あわてでオフィスへ戻ったいきさつを話してくださったわ。そこにベッドを用意しておいてやすんだらいいのに。調子はいいの？」

「しまい忘れたものがあっただけよ。それに、体調は百パーセント回復したわ」

「声でわかるわ。この週末は来られるの？」

エリナは少し間をおいてから尋ねた。

「今日お邪魔しちゃいけないかしら？　ジェームズを食事に連れていってもかまわない？」

あまり長いあいだ答えが返ってこないので、エリナは電話が切れたのかと思った。

「いいわよ、エル。でもリオから帰って以来、はっきり言って形勢は楽観できないような感じを受けていたわ。それはそれはたいへんな努力をして、あなたたちが仲たがいしたのかどうかを尋ねるのをがまんしていたのよ。だって、あんまり落ち込んだ様子だったんですもの」

「わかっていたわ。それに、まったくそのとおりだったの。実は、かなり派手なけんかをしてしまったんだけれど、いまは……もう仲直りしたの。じゃ、八時ごろ会いましょう。特にどうっていうことはないのよ。熱いレンジや何かを相手に、あくせくしないでね」

「くだらないことを言わないで。じゃあ、今夜ね」

ラムゼー夫妻との昼食が長引いたことも原因の一つだが、残りの時間は目まぐるしく過ぎた。夫妻が二人の報告に大喜びし、とりわけヘクターが祝杯をあげようと、天才奇術師よろしくシャンペンのボトルを出したときには、エリナは涙がこぼれそうになった。

「こいつが入り用になりそうな予感がしておったのさ」ヘクターの瞳は、抑えきれぬ喜びにきらきらと輝いている。「おまえたちが一緒にいるのを初めて見たときから、お互いに、ぴったりだとわかっていたよ」

いま改めて指輪をはめ、ジェームズが社員全員に自ら披露すると言いだすに至って、エリナは正真正銘、ジェームズと自分が婚約したことを実感した。午後は、このニュースを喜ぶ祝いの言葉を受けることでつぶれてしまった。

その晩、きっかり八時に、ロード家の前の車道に車が止まった。

「ねえ、ジェームズ、ちょっとシンデレラみたいな気分がしてならないの。ゆうべは、いわばぼろを着ていたのに、今夜はこうしてパーティードレスを着て、しかもこんなにすてきな指輪もはめて、それにあとまわしになってしまったけれど、いちばん肝心な魅惑《プリンス・チャーミング》の王子にエスコートされているんですもの」

最後の一言に顔をしかめてから、ジェームズはエリナの顔を両手ではさみ、優しさに満ちあふれたまなざしで見下ろした。

「車がかぼちゃにならないだけだよ、お姫さま。それに、真夜中になっても、ぼろに成り下がらないって保証するよ。さあ、中へ入る前に、ちゃんとキスしてくれよ」

エリナは心をこめて口づけをした。玄関のドアが開き、長く伸びた明かりにハリエットの均整のとれたシルエットが浮かび上がると、ジェームズはどことなく渋るように身を引いて振り向き、後ろの座席にあるエリナのバッグを取った。

ハリエットは二人を暖かいホールへ通して次々に飲み物を勧め、夕方手術があったために帰りが遅かったからと、まだ姿を見せないリチャードの言いわけをしながら、ジェームズからエリナへと、考え深げに視線を走らせた。

「着替えていますの」ハリエットは居間のソファへ二人を案内した。エリナの赤い絹のドレスに玉虫色のジャケット姿と、自分の黒いスラックスに白黒模様のシフォンのシャツを鋭く見比べた。

「これじゃ、あんまりみたい……着替えようかしら?」茶目っけたっぷりの目つきで、部屋へ入ってきたリチャードに声をかけた。「ちゃんとした格好をしてきてくださって、よかったわ。古ぼけたゴルフのセーターか何かを着ていらっしゃるような気がしたの。ほら、エリナを見てちょうだい。言うまでもないけれど、ジェームズもすてきなベルベットの上着をお召しよ」

リチャードは、そんなことにはおかまいなしだ。

「ぼくらのお客さんは、こっちが何を着ていようと、飲み物や食事がうまければいっこうに気にしないさ。さっそく、おつぎしましょう」ジェームズと握手をし、エリナには口づけをしてから、リチャードは二人のグラスを満たした。

「エリナが赤いドレスはこれしかないと言いましてね」ジェームズがエリナに笑いかけるのを見て、ハリエットは目をしばたたいた。「今夜はだれがなんと言っても、女としてはこれに合う赤いドレスを着ざるを得なかったんですよ」

ジェームズは得意そうににっこり笑うと、エリナがどうにかして見せまいとしていた手を取り、結婚指輪の代わりにはめた美しいルビーを、目の前の二人に誇らしげに見せた。

あとになってリチャードが言った言葉を借りれば、ハリエットは一キロ先まで届くかと思うような喜びの悲鳴をあげ、熱狂したように二人を抱き締めてキスを浴びせた。リチャードは控えめながらも、同じように真心のこもった祝福を述べたが、シャンペンをきらしていることをしきりに残念がった。しかしジェームズは、この晩のために用意したシャンペンを四本、車から出してきた。次いでハリエットが機転をきかせ、この祝宴に加わっていただくように、ラムゼー夫妻にも電話をするべきだと言うと、ジェームズはすぐさま迎えに出ていった。その晩、ようやくディナーの席を囲んだメンバーは、たいそう上機嫌だった。ジェームズははばかることなく、許される限りエリナの手を握っていた。明るく輝くエリナの顔を見ては、ハリエットはちょくちょく台所へさがって鼻をかみ、ごちそうのでき具合を見るからと言いわけをしては、こっそり目元をぬぐわずにはいられなかった。

夜も更けると、飲んだアルコールの量や種類を考え、ポルシェは翌日取りにくることにし、ジェームズと両親のためにタクシーを呼ぶことに全員一致で決まった。ジェームズとエリナは夜の別れの挨拶《あいさつ》をしようと、手際よく二人きりになった。ジェームズはエリナを抱き締め、名残惜しそうに口づけをした。

「夜のお別れをするのは、もう残り少ないね。一週間かそこいらで、ぼくはぼくらの結婚の誓いである、とこしえに幸せに、の項目をまっとうする独占権を得ることになるんだ」

「ああ、ジェームズ……明日ならいいのに！」

「ぼくだって、きみに負けないくらいそう思っているさ、ダーリン。ぐっすり眠って、ぼくの夢を見るんだよ」

ジェームズとその両親が出ていき、ドアが閉まると、ハリエットは両手を差しのべ、無言のまましっかりとエリナを抱き締めた。リチャードは二人の肩に優しく手をかけ、あと片づけをしなくては、という気乗りのしないような抗議を軽くあしらい、ゆっくりと、もう寝るようにと促した。

「明日にしなさい。少なくともぼくとしては、食器洗いなんかで、このいい気分を壊されたくないからね!」

11

その日の夕方ちょうど六時を過ぎたころ、ジェームズとエリナを乗せたポルシェは、ゆっくりとコッウォールドに向かっていた。明らかにこのあと祝杯をあげに繰り出そうとしている華やかな婚礼の招待客たちに、手を振って送り出されたのだった。町はずれを抜けるとすぐに、ジェームズは車を待避車線に移して止めた。

「何か忘れ物、ダーリン?」ダッシュボードのほの暗い照明の中で、エリナは優しい笑顔を向けた。

「ぼくの知っている限りでは、なんにもないよ」手を伸ばしてエリナを抱き、そっと口づけをして、鼻と鼻をこすり合わせる。「披露宴があんなにすばらしいパーティーだったにもかかわらず、ぼくはいままでずっと、こうもしたい……ああもしたいという気持を抑えるのに……地獄の苦しみを味わっていたんだ」言葉を切るたびに、短いながらも熱い口づけを繰り返す。「文句があるかい、ミセス・ラムゼー?」

「まあ、ジェームズったら、いまおっしゃったこと、自分でおわかりなの?」

「きみと一つになりたい気持から、どうしても逃げられない嘆かわしい事実のことなら……」

「ばかを言わないで……でも、考え直せば、現実にそれはちっとも嘆かわしいこととは思わないわ。ただ、ミセス・ラムゼーって言われて、ぐっと胸にこたえたの。すごくぴったりに聞こえるんですもの」

「まったく同感だ!」ジェームズはふたたび車を走らせたが、その横顔があまりに大まじめで、一人悦に入っているようなので、エリナは思わず笑った。

「いやね、ぼくは婚礼があんまり楽しいんでびっくりしたよ。これまでずっと、神聖な体験だと信じ込まされてきたからね」

「ハリエットは婚礼を、あくまでも最高に幸せな儀式にするつもりでいたし、見事にそれを成功させたと思うわ……みなさん、すてきなひとときを楽しんでいらしたみたいですもの。もちろん、リチャードはいつだって堂々たるホストぶり、それに引き替えあなたのお父さまはでんと構えたまま、それからあなたのいとこは、とてもよくできた立派な方ね。あの方、だいぶハリエットにお熱のようにお見受けしたわ」

「ジョン・コルターもね。あの場にいた男性はほとんどそうさ。ハリエットはさんざんみんなをまいらせていたよ。でも今日は、ハリエットすら影が薄かった。だって、花嫁がだれにも増して光り輝いていたからね。きみが礼拝堂の真ん中を歩いてきたとき、ぼくはこの世でいちばん名誉ある男に感じたよ」

車はブロードウェイとカムデンにほど近い、コッツウォールド中心部の村を目指して走っている。初めジェームズは、ハネムーンにはどこか外国旅行をしたいと言ったのだが、エリナは言葉少なに、断固として辞退したのだった。ぜひとも、ほんのちょっとで行かれるどこかにしたいと頑張った。それならできるだけ人里離れた場所にしようということになり、こうしていま、ラムゼー老夫妻の仲間たちが共同で所有している、クリーブ・プライアの小さな村はずれにある週末用の別荘へ向かっている。七時少し前に目的地に到着し、ジェームズはそうっとポルシェをなだめすかすようにして、別荘に続くでこぼこの馬車道に入っていった。この別荘は、かつて隣の大農園で働いていた一農夫の家で、風呂場を直し、セントラルヒーティングで快適にし、十分手入れをして従来の姿のまま維持されている。一階は広い居間と台所、二階は寝室が一つと風呂場という、ごく小さな別荘だ。

ジェームズが、急なはしご段の低い天井の梁《はり》に頭をずれすれにして重いスーツケースを運ぶあいだ、エリナは階下の様子を探った。それからさっとあたりを見まわし、二階から聞こえてくる、低くいまいましそうなうめき声に笑いながら、はしご段を上がった。

「ここはわたしの好きな真鍮《しんちゅう》製品やサラサがいっぱいね。気に入ったわ。それにに昼間は、さぞかしすばらしい眺めでしょうね。ほんとに快適な暖房だけれど、セントラルヒーティングとは、実に現代的だこと！」

エリナは幸せそうにほほえみながら、大きくひろげたジェームズの腕の中へ歩いていき、顔を見上げた。

「抱いて敷居をまたがせてくださるはずだったわ」

ジェームズはすかさずエリナを抱き上げるとベッドに運んで下ろし、赤くなった顔に、にっこりと笑いかけた。

「ぼくは優先権を持ちたいタイプなのさ」傍らに横になり、エリナの唇や耳や首筋に、つつくような口づけをした。それから肘をついて、しばらくエリナを見下ろした。「ねえ、エリナ、けとばしたり、食いついたり引っかいたりして格闘しないのが、すごく不思議でならないんだよ。ついに無条件降伏ってことかい？」

エリナはじっと動かずに、きらめく青い瞳を見上げていたが、やがてもそもそとベッドから下りた。

「あなたに結婚を申し込まれた晩に、無条件降伏をしたわ」鏡台へ向かいながら、振り返りざま答えた。「あれ以来ずっと、慎重の権化みたいだったのはあなたのほうよ。この二週間、二人きりになるチャンスがあまりなかったからじゃなくてね」

あとについてきたジェームズは鏡の中のエリナを見つめながらその肩に顎をのせ、後ろから腕をまわした。

「あの晩、ぼくの忍耐力は限界に達していたんだ。二度とそれを試すようなはめにはならないように、細心の注意を払っていたのさ……少なくとも、いまこの瞬間を迎えるまでは、とね」

鏡の中でじっと見つめ合っていると、ジェームズの視線にじわじわと体がほてり、恥ずかしさを覚えてエリナは急に目を落とした。

ふいにジェームズは手を放し、エリナのおしりを軽くたたいた。

「どうだい、すてきな晩だから、村のパブまで散歩しよう。よかったら、シャンペンを一杯ごちそうするよ」

「うれしいわ、ジェームズ、ちょうどわたしもそうしたいと思っていたの。もりもり欲が出るわ……食欲のことよ……そんな意地の悪い目つきをしないでちょうだい。コートは要るかしら？」

二人ともズボンとセーターに着替えた。季節はずれの穏やかな晩なので、荷物を解くのはあとまわしにし、そのまま村へ出かけた。郵便局、雑貨屋、大昔からある古びた教会、それにシェークスピアがどんちゃん騒ぎをしたと考えられている数多くの店の一つ、ホイートシーフ宿《イン》など、ほんの一握りほどの家しかない小さな村を、手を取り合ってそぞろ歩いた。

まだ宵の口で閑散としたパブに入り、赤々と燃える火のそばの、小さなラウンジ・バーに腰かけた。エリナは約束のシャンペンを断り、いつも飲み慣れた白ワインにした。ジェームズは背もたれの高い長椅子でエリナに寄り添い、そっと肩に腕をまわし、ときおりエリナの髪に唇を当てている。わき起こる幸福感とほのぼのとした満足感に身をゆだねるうちに、エリナの心はすっかりほぐれてきた。今日一日のあらゆる緊張と興奮が消えてゆき、三杯目のワインを持ってきて腰かけたジェームズに人目もはばからずウエストをかかえられると、エリナはうっとりともたれかかった。

「ジェームズ、お店の主人は、わたしたちがハネムーンに来ているのを知っていると思う？」

「もし知っていたら、気になるかい？」

ジェームズは一気にウイスキーを飲み干し、エリナのグラスを取った。

「ちっとも。〝結婚したの、結婚したの！〟って叫びながら、村じゅうを走りまわりたい気持よ」

「午後、どれくらいシャンペンを飲んだんだい？ほとんど何も食べていなかったじゃないか」

「だって、まずドレスの袖口についていた大きな毛皮のカフスがちょっと邪魔だったし、とても興奮してしまったからなの。でもずっと、喉が渇きっ放しだったんですもの。酔って見える？」

ゆっくりと見下ろすジェームズの目つきに、エリナは骨までとろけてしまいそうな気がした。

「いまのところ大丈夫。しかし、花嫁が酔いつぶれるようなことはさせないつもりだ。さあ、別荘まで、元気に気持よく歩いて帰ろう」

「夕食にはすごいごちそうをいただかなくてはね。昨日、ハリエットとあなたのお母さまが見えて、一カ月たっぷりもつくらいの食料を持ってきてくださったの。わたしたちが雪に閉じ込められればいいと思っているんだわ」

ジェームズはエリナの手を取って席を立ち、店の主人に、おやすみ、と声をかけて外へ出た。

「人生のわずかなひとときぐらい、ぼくらが浮き世の雑事に心を煩わさないようにって、気を遣ってくれたということはあり得るね。やあ、なんてことだ、エリナ、気持よく歩こうなんて言ったけれど、駆けていかなくちゃ！」

そう言っている間にもう雨が降りだし、二人は激しく打ちつける雨から逃れようと、村を駆け抜けた。息を切らし、けらけらと笑いながら、川につかっていたかのような格好で別荘に着いた。居間の明かりの下で呼吸を整えようとしながら、お互いの姿を念入りに見た。ジェームズの黒いセーターとジーンズはぐしょぬれだが、エリナの黄金色のしゃれたスラックスはベルベット地だったためにかなり雨に耐え、同色のモヘアのセーターも同じ程度だ。

「ああ、ジェームズ、せっかくの頭のセットが！」

ジェームズはエリナを階段へ押しやり、先に階上《うえ》へ上がらせた。

「セットなんかどうだっていい。ぬれた服を脱いで、温かいシャワーを浴びなさい。あれ以上飲ませていたら、きみを肺炎で倒れさせてしまうところだったよ」

すぐに言われたとおりにし、できるだけ早くぬれた服を脱ぎ、浴室の乾燥用戸棚にひろげた。頭をタオルで包み、熱いシャワーをしばらく浴びてから、ごしごしとほてるまで体をタオルでこすった。湿った髪が肩に降りかかってくるが、一目散に浴室へ駆け込んでしまったためにどうすることもできず、何か体をくるむものはないかと、あたりを見まわした。赤いバスタオルを巻きつけてわきの下ではさんで寝室へ戻ると、ぬれたジーンズ一枚のジェームズが、台所のタオルで頭をふいている。エリナを見ると、ジェームズはぴたりと動かなくなった。エリナは恥じらうように笑った。

「着るものをなんにも持っていかなかったの」

ジェームズは食い入るような青い瞳でじっと見つめるばかりで、身じろぎもせずに押し黙っている。無意味なおしゃべりとは知りつつも、ひたすら沈黙を破りたい一心で、エリナは無理やり話し続けた。

「ハリエットがね、ジャネット・レイガのとってもすてきなネグリジェとガウンを買ってくれたの……その……ガウンなんて言うの、もったいないくらいなの、はちみつ色の絹でね……それを着るはずだったのに……」

持っていたタオルをそうっとおいて、ジェームズがゆっくりと近づいてきたので、エリナの声はしだいに小さくなった。ジェームズの声はかすれて、いちだんと深く響いている。

「きみの言うことは、すべてそのとおりだと思っている。でも、単に男の立場から言わせてもらえば、たったいまきみが身につけているもの以上に男をかき立てるものは、ほかに考えられないよ」目はゆっくりと、神経質そうに丸めて絨毯《じゅうたん》に食い込んだエリナのはだしのつま先から、くしゃくしゃの髪の毛まで追っている。「いちばんの魅力は、その頼りなさそうなところだと思うな」

ジェームズは素早く動き、鋼《はがね》のような腕でエリナを抱き締めた。ジェームズの言葉どおりになった。タオルが足元にずり落ち、二人の鼓動が一つとなって、エリナの耳をつんざくように響いた。骨もくだけんばかりに抱き締められると、ふいに激しい官能の嵐が全身を駆け抜け、エリナは身もだえながら求めてくる唇に応じた。ベルトの金具が、こつんと音を立てて床に落ちるのがおぼろげに聞こえた。ジェームズはもろい割れ物を扱うかのように、エリナをそうっとベッドに寝かせた。

「ジェームズ……話したいことが……」

両手で顔をはさまれ、激しい愛と情欲に燃える瞳で見下ろされ、エリナは言葉を失った。

「ダーリン、これから一生、きみの言うことには耳を傾けもし、話しもする。でもいまは、ただきみを愛したい。愛し合うだけでなく、今日教会で誓ったように、きみを、肉体も、魂も、精神も、心も、あがめたいんだ。ぼくのすべてが、きみのすべてと一つになりたがっている。たったいま一つの体になることが、ほかの何物にも優先するんだ。この世の何にも増して。きみだって同じ気持だと言ってくれ、エリナ」

エリナはわれを忘れた。狂おしいまでにジェームズの口づけに応《こた》えながら、求められた言葉を切れ切れにつぶやくのだった。

「さっききみが何か言いかけたのを聞かなくて悪かったけれど、話してくれるかい？」

ジェームズにぴったりと寄り添い、エリナはためらいがちに話しはじめた。

「ニックとわたしは急いで式をすまして、披露宴もしなかったのよ。あの人、ドーバーへ行って、ヨーロッパ大陸へ渡るフェリーに乗りたがっていたからなの。車はかなり古くて、高速道路を走っていたら、タイヤがパンクして中央分離帯に衝突しちゃったの。わたしはその少し前にバスケットを開けるつもりで後ろの座席に移っていたものだから、おかげで命拾いをしたの。ものすごい衝撃を受けたのと、全身打撲傷と手首が折れただけですんだわ。ニックは即死よ。式がすんで、二時間しかたっていなかったの」

ジェームズはかばうように、エリナをしっかりと抱き寄せた。

「きみはバージンだった……ほんとに、ぼくは思いがけない結婚プレゼントをもらったわけだね、エリナ・ラムゼー。えらく鼻が高い思いがするよ。あれ、どこへ行くんだい？」

「さっき言った、ハネムーンらしい格好をして、あなたにお食事を作るわ」

「あとでだよ。そんなことずっとあと、いつだって食べられるんだから」ジェームズは力いっぱいエリナを腕に抱き寄せた。

「ジェームズ、なんと言ったって、イギリスの職人の腕前はたいしたものね」

ジェームズはびっくりして体を起こし、肘をついた。

「とても愛国的だとは思うけれど、いったいなんだってこんなときに、そんな話を持ち出すんだい？花嫁はとろけるように優しくて、従順で、協力的であるべきだっていうのに」ジェームズは言葉を切っては口づけをした。

「違う言い方をすればね、ジェームズ。待って、そんなにキスされると考えられないわ。ハネムーンで、またリオへ行かなくてよかったって言いたかっただけよ。このあいだの経験でわかったけれど、これじゃ、ベッドがもたないと思ったの」

二人は抱き合って笑いころげた。

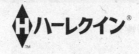

ハーレクイン・イマージュ　1984年12月刊（I-182）

恋は雨のち晴

2025年2月20日発行

著　　者	キャサリン・ジョージ
訳　　者	小谷正子（おたに　まさこ）
発 行 人	鈴木幸辰
発 行 所	株式会社ハーパーコリンズ・ジャパン 東京都千代田区大手町 1-5-1 電話 04-2951-2000（注文） 0570-008091（読者ｻｰﾋﾞｽ係）
印刷・製本	大日本印刷株式会社 東京都新宿区市谷加賀町 1-1-1
表紙写真	© Anyaberkut ｜ Dreamstime.com

ISBN978-4-596-72193-8 C0297

ハーレクイン・シリーズ 2月20日刊 発売中

ハーレクイン・ロマンス

愛の激しさを知る

記憶をなくした恋愛０日婚の花嫁　リラ・メイ・ワイト／西江璃子 訳　R-3945
《純潔のシンデレラ》

すり替わった富豪と秘密の子　ミリー・アダムズ／柚野木　菫 訳　R-3946
《純潔のシンデレラ》

狂おしき再会　ペニー・ジョーダン／高木晶子 訳　R-3947
《伝説の名作選》

生け贄の花嫁　スザンナ・カー／柴田礼子 訳　R-3948
《伝説の名作選》

ハーレクイン・イマージュ

ピュアな思いに満たされる

小さな命を隠した花嫁　クリスティン・リマー／川合りりこ 訳　I-2839

恋は雨のち晴　キャサリン・ジョージ／小谷正子 訳　I-2840
《至福の名作選》

ハーレクイン・マスターピース

世界に愛された作家たち
～永久不滅の銘作コレクション～

雨が連れてきた恋人　ベティ・ニールズ／深山　咲 訳　MP-112
《ベティ・ニールズ・コレクション》

ハーレクイン・プレゼンツ作家シリーズ別冊

魅惑のテーマが光る
極上セレクション

王に娶られたウエイトレス　リン・グレアム／相原ひろみ 訳　PB-403
《リン・グレアム・ベスト・セレクション》

ハーレクイン・スペシャル・アンソロジー

小さな愛のドラマを花束にして…

溺れるほど愛は深く　シャロン・サラ 他／葉月悦子 他 訳　HPA-67
《スター作家傑作選》

文庫サイズ作品のご案内

◆ハーレクイン文庫・・・・・・・・・・・・・・毎月1日刊行
◆ハーレクインSP文庫・・・・・・・・・・・毎月15日刊行
◆mirabooks・・・・・・・・・・・・・・・・・毎月15日刊行

※文庫コーナーでお求めください。

2月28日発売

ハーレクイン・シリーズ 3月5日刊

ハーレクイン・ロマンス

愛の激しさを知る

二人の富豪と結婚した無垢 〈独身富豪の独占愛Ⅰ〉	ケイトリン・クルーズ／児玉みずうみ 訳	R-3949
大富豪は華麗なる花嫁泥棒 《純潔のシンデレラ》	ロレイン・ホール／雪美月志音 訳	R-3950
ボスの愛人候補 《伝説の名作選》	ミランダ・リー／加納三由季 訳	R-3951
何も知らない愛人 《伝説の名作選》	キャシー・ウィリアムズ／仁嶋いずる 訳	R-3952

ハーレクイン・イマージュ

ピュアな思いに満たされる

捨てられた娘の愛の望み	エイミー・ラッタン／堺谷ますみ 訳	I-2841
ハートブレイカー 《至福の名作選》	シャーロット・ラム／長沢由美 訳	I-2842

ハーレクイン・マスターピース

世界に愛された作家たち
～永久不滅の銘作コレクション～

紳士で悪魔な大富豪 《キャロル・モーティマー・コレクション》	キャロル・モーティマー／三木たか子 訳	MP-113

ハーレクイン・ヒストリカル・スペシャル

華やかなりし時代へ誘う

子爵と出自を知らぬ花嫁	キャサリン・ティンリー／さとう史緒 訳	PHS-346
伯爵との一夜	ルイーズ・アレン／古沢絵里 訳	PHS-347

ハーレクイン・プレゼンツ作家シリーズ別冊

魅惑のテーマが光る
極上セレクション

鏡の家 《ハーレクイン・ロマンス・タイムマシン》	イヴォンヌ・ウィタル／宮崎　彩 訳	PB-404

※予告なく発売日・刊行タイトルが変更になる場合がございます。ご了承ください。